柑橘ゆずら
ill. 蔓木鋼音
異世界支配のスキルテイカー
VI
ゼロから始める奴隷ハーレム

「——覚悟しておくんだな。
今夜はキミの未熟な部分を徹底的に
鍛え上げることにしよう」
ユナ・クリスティ
ペロリと唇を舐めてユナは悪戯な笑みを零す。
ドSのユナにとって悠斗のような気の強い少年は、
まさに好みの異性のタイプとして
ドストライクであった。

サリー・ブロッサム
「ソフィちゃんばっかりズルい！
ウチも……ウチだってユートちんにもっと触られたいっ！」

ソフィア・ブランドール
「ユートさん！
もっと……もっと薬を塗り塗りして下さい！」

シルフィア・ルーゲンベルク

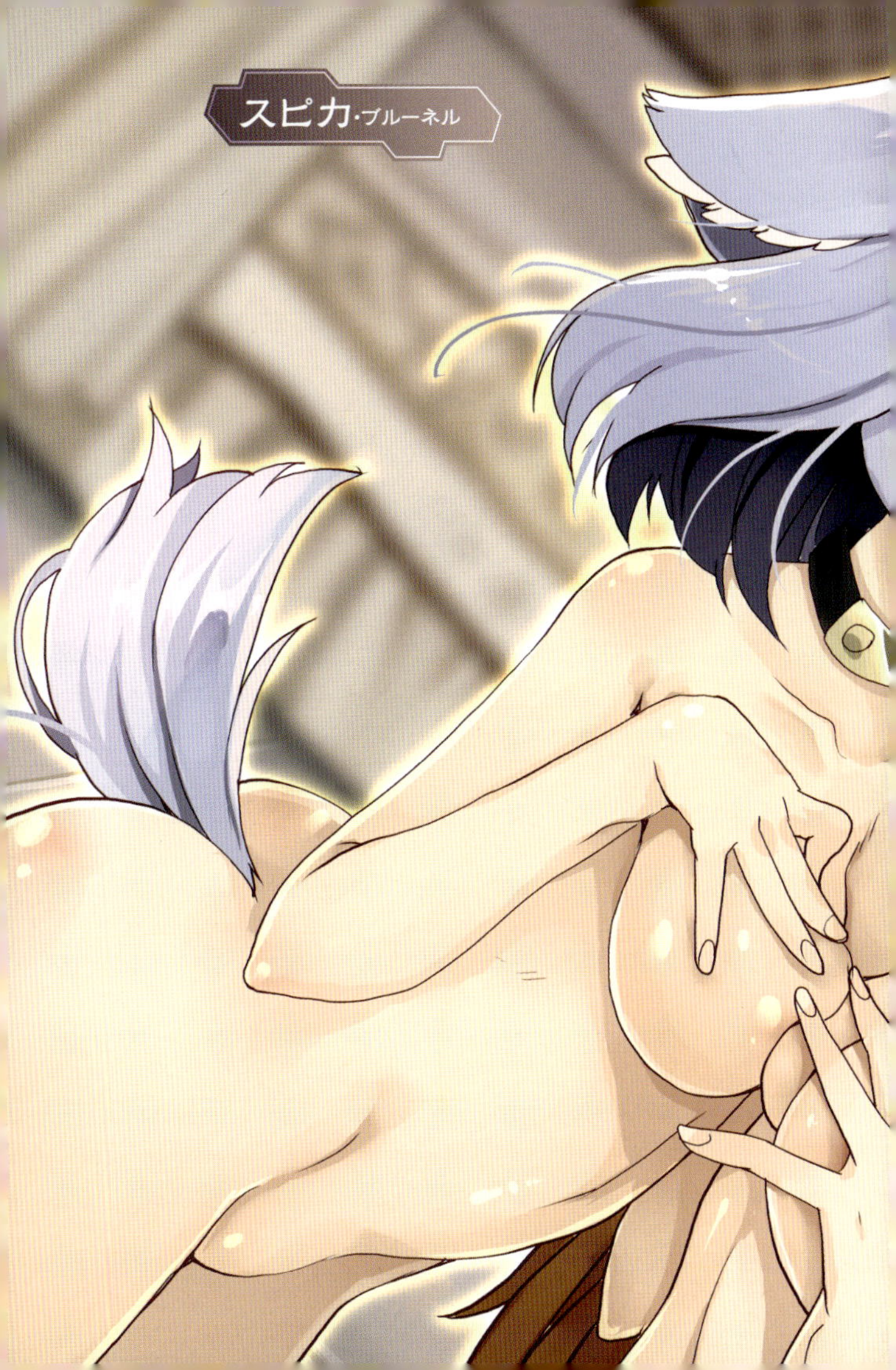
スピカ・ブルーネル

contents

1. 悠斗フィーバー …… 11
2. 彗星世代 …… 19
3. 出現！　偽悠斗！ …… 74
4. VS. 彗星世代 …… 91
5. エルフの里へ …… 123
6. 極めろ！　幻鋼流！ …… 138
7. 最終試練 …… 166
エピローグ　攻略済みのヒロインたち …… 215
おまけ短編　ラッセンの女子会 …… 222

異世界支配のスキルテイカー6

～ゼロから始める奴隷ハーレム～

柑橘ゆすら

講談社ラノベ文庫

口絵・本文イラスト／蔓木鋼音
デザイン／AFTERGLOW
編集／庄司智

1. 悠斗フィーバー

近衛《このえ》悠斗はごくごく普通の高校生である。

唯一《ゆいいつ》、普通の高校生と違う点を挙げるのであれば彼が幼少の頃より、《近衛流體術《このえりゅうたいじゅつ》》という特殊な武芸を身に付けていたところであろう。

近衛流體術とは『世界各国に存在する全ての武術の長所』を取り入れることで、《最強》を目指すというコンセプトを掲げている異流武術である。


「ユウトさま！　ユウトさまがきたぞー！」

「キャー！　ユウトさまよー！」

「素敵！　今日も黒髪が美しいわ！」


そんな普通の高校生であるところの悠斗であったが、このところは何故かハリウッドのスターのような扱いを受けていた。

それというのも悠斗は、以前にエクスペインで行われた武術トーナメントで優勝してしまったからである。

更には《七つの大罪》と呼ばれる強力な魔族を打倒したものだから、エクスペインの街での悠斗《ゆうと》の知名度は上昇の一途を辿《たど》っていた。

「あの……悠斗さん！　よろしければ私と握手をしてくれませんか？」

「こっちはサイン！　サインをお願いします！」

悠斗の前に駆けつけてきたのは、年頃の若い街娘たちである。

もともと異世界トライワイドでは悠斗のような黒髪黒眼の少年は、美の象徴であるかのような扱いを受けていた。

彼女たちは強さと美しさに惹《ひ》かれ、すっかり悠斗の虜《とりこ》となっている。

悠斗の似顔絵の描かれたウチワを持って熱狂する街娘たちは、まるでアイドルの追っかけのようであった。

「アハハッ。参ったなぁ〜。押さないで。押さないで。サインなら幾らでも書くから」

女の子たちに囲まれた悠斗は、至福のハーレム気分を味わっていた。

三度の飯より女性が好きな悠斗にとって、現在の状況は当然、満更でもないものである。

異世界人という立場もあって、これまではできるだけ目立たないように行動していた悠斗であったが、流石《さすが》に今後は難しそうであった。

「何故でしょう。この胸の奥から湧き上がるモヤモヤとした感情は……」

鼻の下を伸ばしている主人の様子を複雑な気持ちで見つめる少女の名前は、スピカ・ブルーネル。

頭から犬耳を生やしたスピカは、訳あって悠斗の奴隷として仕えていた。

「完全に天狗《てんぐ》になっているな……。何か良からぬことが起こらなければ良いのだが……」

スピカに同調する少女の名前は、シルフィア・ルーゲンベルク。

金髪碧眼《へきがん》でスタイル抜群のシルフィアもまた、訳あって悠斗の奴隷として仕えていた。

「まったく……異世界は最高だぜ……！」

そんな仲間たちの思いも知らずに、悠斗《ゆうと》は人生史上最高の『モテ期』を満喫するのであった。

〜〜〜〜〜〜〜〜〜〜〜〜〜〜〜〜〜〜〜〜

ラッセン・シガーレット
種族：ヒューマ
職業：冒険者
固有能力《ユニークスキル》：読心

読心@レア度　☆☆☆☆☆
（対象の心の状態を視覚で捉えることを可能にするスキル）

「ユートくん。随分な人気みたいじゃないか」
ファンの女性たちを掻《か》き分《わ》けて進んでいくと、見知った冒険者がそこにいた。
歳の頃は18歳くらい。
ラッセン・シガーレットはオシャレな革ジャケットとお尻が見えそうなくらい短いパン

ツを穿《は》いたワイルド系の美人である。

「いやー。あははは。まさか俺にファンの女の子ができるなんて思いもしなかったですよ」

何処《どこ》か浮ついた面持ちの悠斗《ゆうと》に対し、ラッセンは冷ややかな視線を送っていた。

「舞い上がる気持ちは分かるが、キミはもう少し気を引き締めた方が良い。たしかにキミは武闘家として前代未聞の偉業を成し遂げた。けれども、冒険者の仕事はどんなに強くても……いや、強くあるが故に命を落とすことがあるのだよ」

この時、悠斗はラッセンの忠告の意図するところを全て理解できていたわけではなかった。

強くあるが故に命を落とす。

ひたすらに強さを求め、強さこそが正義、という環境で修行してきた悠斗にとってその言葉は眉唾ものの話でしかなかった。

けれども、珍しくも真剣なラッセンの言葉は悠斗の胸に深く突き刺さった。

「キミが死んでしまうと、キミを頼りに生きている子たちが不幸になるということを忘れないで欲しい」

「……ありがとうございます。ラッセンさんのおかげで目が覚めたみたいです」

周囲からちやほやされて浮かれている場合ではない。

今優先してやらなくてはならないことはなんだろう？　と悠斗は自問する。

（そうだよ……。俺にはまだ『100人の美少女との奴隷ハーレム』という達成していない野望があるじゃないか！）


ファンの女性たちのレベルがあまり高くなかったのが不幸中の幸いであった。

危なかった。

もし周りにいたのがハイレベルな美少女であったら、浮かれて目標を失っていたかもしれない。


「そんなユートくんに朗報だ。1時間ほど前、シルバーランクの冒険者に緊急招集がかかった。依頼を受けるかは自由だが、キミの緩んだ気持ちを引き締めるにはちょうどいいんじゃないか？」

「…………ッ!?」

ラッセンの言葉を受けた悠斗はメラメラとヤル気の炎を燃やしていた。

このところの悠斗は魔族との戦闘にかかりきりで、冒険者としての仕事が疎《おろそ》かになっていた。

ここは今一度原点に立ち返って、冒険者としての仕事を率先してこなしていくべきなのではないだろうか？

そう判断した悠斗《ゆうと》は、ラッセンと共に冒険者ギルドに向かうのであった。

2. 彗星世代

エクスペインの冒険者ギルドには、大きく分けて2つの施設がある。

1つ目は、1階の依頼斡旋所《あっせんじょ》。

悠斗が普段利用しているこの施設は、駆け出しからベテランまで多くの冒険者たちが利用している場所である。

2つ目は、2階の会議室。

今回足を踏み入れたこの施設は、緊急クエストの発生時や、高ランク冒険者が利用する場所であった。

「知らなかった……。冒険者ギルドの中にこんな立派な施設があるんですね……」

「そうか。ユートくんは特別会議室に来るのは初めてだったな」

中でも2階の特別会議室は、冒険者たちにとって特別な意味を持っていた。

この部屋に入ることが許されているのは、冒険者たちの中でもシルバーランク以上の資格を持っている者たちに限定されている。

ギルド屈指のＶＩＰルームというだけあって備え付けの家具は、貴族が使用するものと同ランクの高級品だった。

「おや～。おやおや～！　そこにいるのはデカ尻ラッセンちゃんじゃねぇの！」

黒宝の指輪＠レア度　☆☆☆☆☆
（他人が所持する《魔眼》スキルの効果を無力化する）

悠斗《ゆうと》がソファのフカフカ具合に驚いていると、全身に包帯が巻かれたミイラのような風貌の男が声をかけていた。

黒宝装備により情報が伏せられているが、その異様な風貌から只者《ただもの》でないことは分かった。

「もしも～し！　ちょっと～！　無視は酷《ひど》いんじゃない？　オイラってばラッセンちゃんのデカ尻の大ファンなんですけど～！」

「ギリィ。アタシの尻を見ながら会話するんじゃない。次に舐《な》めた真似をしてみろ。その異臭を放つ口の中に銃口をぶち込んでやる」

「うひょ～！　こえ～！　でもまぁ、デカ尻ラッセンちゃんの罵倒はオイラにとっちゃ御褒美なんだけどな！」

ギリィと呼ばれる謎の男は、口元を緩ませながらも渋々と引き下がる。

席に着いてからも、ギリィはラッセンに対して下卑た視線を送っていた。

「あの人は？」

「やつの名前は『百面相ギリィ』。冒険者としての実力は確かだが、見ての通りスケベ心丸出しで女性冒険者に対するセクハラが酷い。ギルドからは問題児扱いされている」

「……女性に対するセクハラですか。個人的には一番許せないタイプです。反吐《へど》が出ますね」

「…………」

自分のことを全力で棚に上げる悠斗に対して、ラッセンは冷ややかな視線を送っていた。

「あ、あの！　お久しぶりです！　ユートさん！」

ルナ・ホーネック
種族：ケットシー
職業：冒険者
固有能力《ユニークスキル》：隠密

隠密@レア度　☆☆☆
（自らの気配を遮断するスキル）

声のした方に目を向けると、見知った顔がそこにあった。

猫耳の忍者娘――ルナ・ホーネックは悠斗《ゆうと》と同じエクスペインの街に活動拠点を置く冒険者である。

小柄な女性でありながらも《武神》と称されているルナは、冒険者として目覚ましい実績を上げていた。

「あれ。ちょっと雰囲気が変わったか？」

「ええ。少しだけ装備を変えてみました。おかしいでしょうか？」

以前に見た時と比べると、着ている服の露出度が僅《わず》かに上がったような気がする。

「いや。そんなことないよ。普通に色っぽいと思う」

「色っぽい⁉　そ、それはラッセン先輩ではなく私に対して言ったのですか⁉」

「当たり前だろ……。どうしてそこで間違えるんだよ」

「だだだ、だってその……私そういう風に言われたの初めてで……どういう反応をすれば良いのか分からなくて」

悠斗に褒められたルナは分かりやすく動揺しているようであった。

史上最悪のネームドモンスター《不死王タナトス》との戦闘で窮地に陥っているところを助けてもらったルナは、悠斗《ゆうと》に対して底知れない恩義を感じていた。

当初は悠斗のことを毛嫌いしていたルナであったが、今では幼馴染《おさななじみ》のリリナに向けているものと同じくらい悠斗に対して愛情を向けるようになっていたのである。

「あれれ～？　なんだよ。今日はロビンのオッサン来てねぇじゃん」

「知らないのか？　『掃除人ロビン』ならローナス平原に出現したダンジョン攻略クエスト以来、行方不明になったそうだ」

「なんだよそれ～。あのオッサンをイジめてやるのがオレっちの唯一《ゆいいつ》の楽しみだったのに」

「まぁ、そう言うな。元よりアヤツは他人の手柄を横取りすることでランクを上げた男。遅かれ早かれこうなる運命だったのさ」

ジンバー・ルッカス
種族：レプラコーン
職業：冒険者
固有能力《ユニークスキル》：昆虫操作

昆虫操作@レア度　☆☆☆☆☆☆
（昆虫を操るスキル）

ドルトル・ヒューマッハ
種族：ハーピィー
職業：冒険者
固有能力：重量変化

重量変化@レア度　☆☆☆☆☆
（物体の重さを変化させるスキル）

ルナの後に入ってきたのは、やたらと身長差のある冒険者コンビであった。

「あの2人は『蟲使《むしづか》いジンバー』に『鳥人ドルトル』。2人とも悠斗くんより一足早く、シルバーランクに昇格した期待のルーキーだ」

「……なるほど。独特のオーラがありますね」

どうやらシルバーランクともなると、固有能力を持った冒険者が多くなってくるらしい。

特に黒宝装備を身に着けたギリィに関しては、どんな能力を持っているのか分からない以上、警戒する必要がありそうだった。

「それにしてもシルバーランクの冒険者っていうのは、それぞれ通り名みたいなものがあるんですね。ルナなんか《武神》とかいう恰好《かっこう》いい名前で呼ばれているみたいだし」

「そ、それを言わないで下さいよ！　ううっ～。ユートさんがいる前で《武神》を名乗るなんて恥ずかしいです……」

「む。もしかしてユートくんは知らないのか？　シルバーランクになるとギルドから通り名がもらえるようになる。キミの場合もギルドカードの裏面に書かれていると思うぞ」

「初耳ですよ!?」

悠斗《ゆうと》はそこで取り出したカードの裏面を注意深く確認してみる。

　　彗星のユウト

よくよく見ると、カードの隅にはそんな言葉が書かれていた。

「あの……この『彗星《すいせい》のユウト』ってどういう意味なのでしょうか？」

「…………!?」

悠斗の言葉を聞いた次の瞬間。

ラッセン&ルナの表情に戦慄が走る。

「これは驚いた。ユートくんに対するギルドの期待は、我々が思っている以上のものであったということか」

「凄いです！　ユートさん！　まさか『彗星』の通り名を与えられるなんて……凄過ぎます！」

「いや。だからどういう意味なんですか⁉」

これは後になって知る話になるのだが――。

エクスペインの冒険者ギルド設立以来、悠斗たちの代の若手冒険者は、かつてないほど粒揃《つぶぞろ》いという評価を受けていた。

その偶然はおよそ1000年に一度あるかないかの確率なのではないかということで、悠斗たち若手冒険者は何時《いつ》しか『彗星世代』と呼ばれるようになっていた。

ギルドが悠斗に『彗星』の通り名を与えたのは、悠斗こそが『彗星世代』の中心人物であると認めたからに他ならなかった。

「失礼いたします」

エミリア・ガートネット
種族：ヒューマ
職業：ギルド職員
固有能力《ユニークスキル》：破壊神の怪腕《ザ・ブレイカー》

破壊神の怪腕＠レア度　☆☆☆☆☆
（左手で触れた物体の魔力を問答無用で打ち消すスキル）

最後に部屋に入ってきたのは、受付嬢のエミリアであった。

悠斗《ゆうと》と視線が合うと、エミリアはニコリと愛嬌《あいきょう》たっぷりの笑みを浮かべる。

「驚いた。まさかエミリア嬢が直々に説明にやってくるとはな。これは思っていたよりもハードな仕事になりそうだ」

「エミリアさんのことを知っているんですか？」

「――『狂犬エミリア』。それが冒険者時代の彼女の通り名だよ。今は一線から退いてギルドの職員の仕事をしているが、昔の彼女は数多《あまた》の偉業を達成した冒険者だったらしい」

「さ、流石《さすが》にそれは何かの間違いだと思いますけど……」

普段の清楚《せいそ》なイメージがあって、エミリアが『狂犬』と呼ばれている場面を想像することができない。

保有している固有能力こそ物騒であるが、外見だけで判断すると、エミリアは全ての男の理想を注《そそ》ぎ込んだかのような淑《しと》やかな美少女だった。

「時間になりました。それでは緊急クエストの内容を説明したいと思います。今回の呼びかけに集まって下さった方は、『情報屋ラッセン』『彗星《すいせい》のユウト』『百面相ギリィ』『武神ルナ』『蟲使《むしづか》いジンバー』『鳥人ドルトル』。以上、6名で間違いありませんね」

エミリアはそう前置きすると、今回の招集の理由について説明を始める。

「つい先日のことです。《岩山の洞窟》に向かった冒険者パーティーが行方不明になる事件が発生しました」

岩山の洞窟とは悠斗が以前にコボルトたちを討伐したエリアである。

王都エクスペインからは徒歩圏内の距離に位置するので、駆け出しの冒険者が日銭を稼ぐ際に重宝していた。

「不審に思ったギルドは特別にチームを組んで調査を行いました。その結果……厄介なことに洞窟にオーガたちが住み着いていることが判明したのです」

「はぁ⁉　オーガって……あのオーガか？」

「俄《にわ》かには信じ難いな。オーガというと、人里離れた山奥にしか生息しないと言われているのだぞ」

エミリアの言葉は、集まった6人の冒険者に対して衝撃を以《もっ》て迎え入れられることになった。

「ラッセンさん。その……オーガっていう魔物はそんなに強いんですか？」

「ああ。高い知能。体長3メートルを超える巨体。何を取っても厄介なオーガは冒険者殺しの魔物として悪名高い」

「…………」

となると気になってくるのは、どうして《岩山の洞窟》にオーガが住み着いたのか？ということである。

一般的にモンスターの脅威度は、街に近いほど弱まっているとされている。

オーガのような強力な魔物が大都市の近くに巣を作るなど異例のことであった。

「ギルドでは現在、岩山の洞窟に住み着いたオーガの生態に関する本格的な調査を始める予定でいます。しかし、その前にみなさんには……」

「なるほど。つまりオイラたちの仕事はオーガの数減らしっていうわけか」

「その通りです。ギリィさん。ギルドではオーガ1体につき20万リアの報奨金を設定しました。ここに集められたのは《彗星世代《すいせいせだい》》の中心となる実力派の方々です。どうか皆様の力を合わせて頂けないでしょうか？」

スライムを倒して宿代を貯《た》めていた日々が懐かしい。

1体につき20万リアという報奨金を聞いた悠斗《ゆうと》は、感慨深い気分に浸っていた。

「なぁ。エミリアさん。カネのことはどうでもいいんだけどよぉ……。もしこの依頼で1番に功績を上げたら、オイラのことゴールドランクに推薦してくれよ？」

エミリアの提示した条件に対して唯一《ゆいいつ》不満を零《こぼ》したのは《百面相ギリィ》であった。

冒険者として数多《あまた》の実績を上げながらも、素行の問題でゴールドランク昇格が絶望的なギリィは自らの境遇に不満を抱いていたのである。

「そ、それは……」

「おかしいよなぁ。不公平だよなぁ。こー見えてオイラ、けっこーな実績を上げているはずだぜ？　なのにどうして……何時《いつ》まで経《た》ってもゴールドランクに上がることができないんだろうなぁ」

困惑したエミリアに対してギリィは下卑た視線を送っていた。

ゴールドランク昇格はエミリアの一存で決められる話ではない。

ギリィはそのことを知った上で無茶な条件を振っていたのである。


「大丈夫ですよ。エミリアさん」


どんな状況であれ、美少女が困っている姿を見過ごすことはできない。

そう判断した悠斗《ゆうと》は静かに席を立った。


「――俺がいます！　絶対に俺が1番になってみせます！　ギリィの要求が通ることはありませんよ！」

「ユ、ユートさん⁉」


果たして自分より年下の少年に助けられたのは何時以来《いつ》だろうか？

悠斗から力強い言葉を受けたエミリアは、悠斗に対してキラキラとした眼差しを向けていた。

「はあぁぁぁん⁉　何を調子こいているんだよテメェ！　ち〜っとばかり強いからって良い気になるんじゃねーよ！　勘違いするな！　力だけでなんとかなるような仕事は、シルバーランクにはねぇんだよ！」

ギリィの言葉はあながち間違いでもなかった。

経験。知識。判断能力。協調性。

ギルドから斡旋《あっせん》されている仕事は、その難易度が高まるにつれて、冒険者としての総合的な能力が求められる傾向にある。

いかに戦闘能力が高くとも――。

否。戦闘能力が高いが故に己の力を過信してしまい、命を落としてしまうこともあった。

（まったく……本当にキミは無茶なことをするんだな……）

悠斗《ゆうと》の言葉を聞いたラッセンは感慨深い思いに浸っていた。

――自分の気に入った女性を守るためなら手段を択《えら》ばない。

その一本筋の通った行動は、超が付くほどの男嫌いのラッセンにすらも感銘を与えるものであった。

「……ユートくんだけではないぞ。アタシがいる！　彼に足りない経験はアタシが補ってやるとしよう」

「私もいます！　私の力では微々たるものかもしれませんが、ユートさんのことを精一杯サポートします！」

いかに自分の力に自信を持っているとは言っても3対1では分が悪い。

立て続けに非難を受けたギリィは、押し黙ることしかできなかった。

（ケッ……。気に入らねぇぜ。コノエ・ユート。今に見ていろよ！　オイラがテメェのこと地獄の淵《ふち》に叩《たた》き込《こ》んでやるぜぇ……！）

エミリアに対する嫌がらせを邪魔されたギリィは、密《ひそ》かに復讐《ふくしゅう》の炎を燃やすのであった。


〜〜〜〜〜〜〜〜〜〜〜〜

今回説明を受けたオーガに関する情報は、シルバーランク以上の冒険者にしか伝えることができないトップシークレットである。

そういう事情もあって悠斗《ゆうと》は、スピカとシルフィアに対して事情を説明して、自宅で待機してもらうことにした。

「私、今でも信じられません。まさかこの3人でパーティーを組むことがあるなんて……」

「ふふふ。アタシは、何時《いつ》かこういう日も来るんじゃないかと思っていたぞ」

こうやってスピカとシルフィア以外の女性たちとパーティーを組むのは、悠斗にとって新鮮なものであった。

普段と違う美少女たちとの冒険は、楽しみな面もあるが、不便な点もある。

能力略奪《スキルテイカー》の能力に関しては、可能な限り周囲に情報を漏らしたくはない。

いかに能力を使わずにオーガを討伐できるかが、今回のクエストにおける悠斗の課題であった。

「……お二人とも。お手柔らかにお願いします」

差し当たって今回の遠征の目標は、オーガの討伐数でギリィを上回るということである。

最低限ギリィに勝つことができれば、エミリアが妙な難癖をつけられることもないだろう。

「あ。さっそくこの奥に1体いるみたいですよ」

オーガ　脅威LV27

ルナに言われて洞窟の奥に進んでみると、体長3メートルほどの人型のモンスターがそこにいた。

頭からツノを生やしたその魔物は、フィクションの世界で見るような《鬼》に近い風貌をしている。

肌の色は赤黒く、人間と比べると異様に長い腕を持っていた。

敵の数は1体。

数は少ないが、魔物の中でも取り分け大きな体を持ったオーガは迫力十分であった。

「凄いな。どうして分かったんだ？」

「私たちケットシーは耳が良いのです。洞窟の中は特に音が響きやすいので、特定はしやすいですね」

「……なるほど」

つまりはスピカの嗅覚レーダーの聴覚バージョンというわけなのだろう。

これは意外な収穫であった。

索敵のできる仲間が1人いるかどうかで、探索の効率というのは大きく変わってくる。

悠斗《ゆうと》が欠かさずスピカを連れて冒険に出かけるのも、高い索敵能力を買ってのことであった。


「どうします？　敵はまだ俺たちの方に気付いていないみたいですけど」

「ふふふ。こういう時はアタシに任せて欲しい。遠距離からの攻撃であればユートくんよりアタシの方に分があるだろう」

神秘の火銃@レア度　☆☆☆☆
（大気中の魔力を吸収して火属性の魔法を射出する武器）

ラッセンはそう告げると、右腿《みぎもも》に装着したホルスターからピストルを取り出した。

正確無比な射撃により《神秘の火銃》から放たれた火炎弾はオーガの目に直撃する。

「グギャアアアアァァァ！」

攻撃を受けていることに気付いたオーガは、身の毛もよだつような咆哮《ほうこう》を上げる。

「ダメです！　凄い硬さです！　瞼《まぶた》で弾丸を弾かれました！」

「ふふ。ならばこれならどうだ！」

魔境の氷銃@レア度　☆☆☆☆
（大気中の魔力を吸収して氷属性の魔法を射出する武器）

次にラッセンが取り出したのは、左腿のホルスターに入っていた《魔境の氷銃》という武器であった。

目にも止まらないクイックドロウ。

眼球に次々と炎と氷の弾丸を当てられたオーガは、両目の機能を停止させられることになる。

「グギャアアアアアァァァ！」

「……チッ。タフなモンスターだな」

だがしかし。
両目を破壊された程度ではオーガの戦意は喪失しない。
オーガは視力を失いながらも敵の気配を敏感に察知して、悠斗《ゆうと》たちの方向に突進する。

「……これで終わりです」

半月の魔刀@レア度　☆☆☆☆☆
（三日月のように刀身の反り返った刀。込められた魔力によって切れ味が強化されている）

ルナは自身の愛刀である《半月の魔刀》を鞘《さや》から抜くと、素早い身のこなしでオーガの体を背後から斬りつけていく。

隠密@レア度　☆☆☆
（自らの気配を遮断するスキル）

視力を失ったオーガでは、《隠密》のスキルを保有するルナを捉えることはできなかった。

両手両足の腱《けん》を切断されたオーガは、粉塵《ふんじん》を巻き上げながら地に臥《ふ》せることになる。

「やるではないか。ルナくん。どうやらまた腕を上げたようだな」

「ラッセン先輩こそ。二丁拳銃なんて聞いていませんよ！」

もともと冒険者としてストイックに鍛錬をしていた2人であったが、悠斗の登場によって、その傾向は一層顕著なものになっていた。

後から冒険者になった悠斗の躍進は、2人の実力を少なからず引き上げていたのである。

「2人とも！　後ろです！」

「なにっ……!?」

「えっ……」

悠斗が叫んだその直後。

ラッセン&ルナにとって予想外のことが起こった。

オーガを完全に仕留めた手応えがあったにもかかわらず――。

どういうわけか2人に襲いかかってきたのである。

（……ウィンドボム！）

普通に攻撃をしても、オーガの攻撃までに間に合わないかもしれない。

そう判断した悠斗《ゆうと》は以前に開発した風魔法による高速移動技術、《飆脚《ひょうきゃく》》を使用することにした。

地面を強く蹴るのと同時に足の裏からウィンドボムを発生させるこの技は、風魔法を利用することにより、人間の限界を超えた加速を可能にしている。


「ふぎゃおっ！」


バリバリと頭蓋骨の砕ける音が洞窟の中に鳴り響く。

オーガの巨体は宙を舞い、そのまま意識を途絶えさせることになった。

悠斗はそこでステータスを確認。

近衛《このえ》悠斗
固有能力《ユニークスキル》：能力略奪《スキルテイカー》　隷属契約　魔眼　透過　警鐘　成長促進　魔力精製　魂創造
　　　　魔力圧縮
魔法：火魔法　ＬＶ４（12／40）　水魔法　ＬＶ６（10／60）

風魔法　LV5（4／50）　聖魔法　LV6（37／60）
呪魔法　LV6（6／60）
特性：火耐性　LV3（24／30）　水耐性　LV3（0／30）
風耐性　LV4（6／40）

火耐性のスキルの項目が上がっていた。

どうやらオーガから獲得できるスキルは火耐性プラス5であるらしい。


「やれやれ。これでまたキミに対して借りができてしまったな」

「今のは風魔法でしょうか？　凄過ぎます！　あまりに速過ぎて、何が起こっているのか全く分かりませんでした！」

悠斗の早技を目の当たりにした2人は、それぞれ目を丸くして驚いているようであった。

「それにしても、先程のオーガは何だったのでしょうか。たしかに急所は突いたはずだったのですが……」

「原因が分かったぞ。こいつを見てくれ」

ラッセンはそこで捥《も》ぎ取《と》ったオーガのツノをルナに向かって投げ渡す。

オーガのツノ@レア度　☆☆☆
(多量の魔力が詰まったツノ。様々なアイテムの調合素材として利用されている)

「こ、これは……！」


ツノを受け取ったルナは絶句した。

何故ならば――。

今回入手したオーガのツノは、通常のものと比較すると2倍近い重量だったからである。

「オーガ系のモンスターのツノのサイズは、その戦闘力に比例して大きく成長していくとされている。どうやらこの洞窟のオーガは、極めて戦闘能力が高いようだな」

「そんな……!? 一体どうして……!?」

「さぁ。詳しいことは現時点では何も言えないな。とにかく奥に進んでみよう。そうしたら何か分かることがあるかもしれん」

ラッセンの一言により3人は洞窟の奥に歩みを進める。

（なんだろう。この違和感……？　アタシの勘が正しければ何か……何かとてつもなく悪いことが起こる前触れではないだろうか……）

3人の中で冒険者としてのキャリアが最も長いラッセンは、心の中でそんなことを思うのであった。

〜〜〜〜〜〜〜〜〜〜〜〜〜〜

それから。

悠斗《ゆうと》たちパーティーの快進撃は続いた。

異常なまでに打たれ強いオーガたちを倒すのには時間がかかったが、息の合ったチームワークによって、その後は危なげなく討伐数を重ねていくことになる。

2時間ほど探索をした頃には、集まったオーガのツノは7本にも上っていた。

「気を付けて下さい。この奥に何かいます……！」

ルナの警告を受けて慎重に通路を進んでいく。

すると、そこにあったのは意外な光景であった。

「うおおおお！　チクショォォー！　イテェ！　イテェよぉぉぉ！」

「お、お前は……⁉」

洞窟の天井が崩れたのだろうか？

シルバーランクの冒険者《百面相ギリィ》が、巨大な岩の下敷きになっていた。

「い、いいところに来た！　彗星《すいせい》のユート！　頼む！　一生のお願いだ！　オイラの体を引っ張り上げてくれ〜」

悠斗《ゆうと》たちパーティーを前にしたギリィは、目に涙を浮かべながら訴えていた。

以前までの挑発的な態度から一転。

無様に助けを求めるギリィを前にした悠斗は完全に拍子抜けしていた。

「ユートくん。無視していいぞ」

「そうですね。先を急ぎましょうか」

「ぎゃわあああぁぁぁ！　この人でなし！　鬼！　このままじゃオイラ……オーガのやつに食べられちまうよ〜！」

素通りしていく悠斗たちを目の当たりにしたギリィは、声のボリュームを上げて命乞いを始める。

「あの、やっぱり私……あの人のことを助けたいんですけどダメでしょうか？」

「甘いぞ。ルナくん……。先に挑発をしてきたのはギリィの方だ。わざわざ敵に手を差し伸べる必要もあるまい」

「けど、私……このまま本当にギリィさんがオーガに食べられるようなことになったら……」

「…………」

いかに気に食わない相手とは言っても困っている人を見過ごすことはできない。

３人の中で最も純真なルナにとっては、ギリィを見殺しにすることは我慢できないことであった。

「仕方がないですね。俺が助けますよ」

セクハラの常習犯であるギリィに女性たちを近づけるわけにはいかない。

そう判断した悠斗は拳で岩を破壊することにした。

「ほら。これで立てるだろ？」

「すまねぇ……。岩の下敷きになって足の骨が折れているみたいなんだ……。よければ体を起こしてくれねぇか？」

「ったく。仕方ないな」

「すまねぇ……。すまねぇ……」

瞬間、悠斗《ゆうと》は背筋に何とも言えない悪寒を感じることになる。

その時、悠斗はギリィの口角が釣り上がるのを見逃さなかった。

「んじゃまぁ、オーガの討伐はお前たちに任せたぜぇ。悪いが、オイラは戦えるコンディションじゃないんでね……」

ギリィはそんな台詞《せりふ》を残すと、入り口に向かって歩いていく。

ケガした足を引きずるギリィの足取りは覚束《おぼつか》ないものであった。

（なんだ……？　俺の思い過ごしか？　結局、何もしないのかよ）

不可解なギリィの言動を目にした悠斗は、思わず小首を傾《かし》げるのであった。

〜〜〜〜〜〜〜〜〜〜

思いがけないライバルの途中離脱を受けて、悠斗たちパーティーは少しペースを落として探索を再開していた。

「気を付けて下さい……！　この通路の奥からオーガの気配を感じます……！」

そこから暫《しばら》く歩くと、大きく開けた空間に辿《たど》り着《つ》くことになる。

アオオニ
種族：オーガ
職業：なし
固有能力《ユニークスキル》：影縫　透視
影縫＠レア度　☆☆☆☆☆

（影の中限定で高速移動を可能にする力）

透視＠レア度　☆☆☆☆

（遮る物体をすり抜けて状況を視認するスキル）

空間の中央に立っていたのは、一際目立つ青色の肌をしたオーガであった。

体長は低い。

通常のオーガが3メートルくらいだとしたらアオオニのサイズは、その半分くらいのものだろう。


（透視……だと……⁉）


だがしかし。

アオオニの風貌など今はどうでもよいことであった。

悠斗《ゆうと》の関心を何より惹《ひ》いたのは、アオオニの持っている《透視》のスキルである。

（このスキルがあれば……女の子の裸を見放題なのでは……⁉）

是が非でも欲しい。

邪魔な衣服を透けさせることができる透視は、男ならば誰しもが一度は憧れる能力だろう。

「ラッセン先輩……！　あれって……！」

「間違いない！　ネームドモンスターだっ！」

2人が叫んだ次の瞬間。

アオオニの巨体は不意に闇の中に溶け込んでいく。

「「消えたっ⁉」」

厳密に言うとアオオニの体は消えたわけではない。

スキルを使って影の中に潜伏しているのである。

「危ないっ！」

以前の不死王タナトスの一戦で《影縫》のスキルホルダーとの戦闘は心得ている。

近くにある影の揺らぎを察知した悠斗《ゆうと》は、ラッセン&ルナの体を抱きかかえ、大きく地面を蹴って跳躍する。

ズガガガガッ!

洞窟の中に岩が砕かれる音が木霊《こだま》する。

アオオニの拳を受けた地面は、爆弾が落ちたかのように粉々になった。

体が小さいからと言って侮ってはならない。

アオオニのパワーはオーガを遥《はる》かに凌駕《りようが》するものであった。

「――気を付けて下さい。奴は影の中に潜ります。2人はこの光の中から決して出ないで下さい」

フラッシュライト
(聖なる光で周囲を照らす魔法)

そこで悠斗が使用したのは、以前に習得した《フラッシュライト》という魔法である。

影が強く出ている場所でなければ《影縫》のスキルで通ることはできない。

そのことは前回のタナトスとの一戦で検証済みであった。

「しかし、ユートくん1人で戦わせるわけには……」

「そうですよ！　危険過ぎます！」

「ごめんなさい。ワガママ言って。けど、影に潜る相手に一番慣れているのは俺です。どうかここは俺に格好付けさせてくれないでしょうか？」

「「…………ッ！」」

キリッとした凛々《りり》しい顔付きで悠斗は言った。

ドキドキドキドキ。

自らの胸の動悸《どうき》を抑えることができない。

果敢に女性を守ろうとするその姿勢は、男嫌いのラッセンですらも魅了させるものであった。


（……ぐへへ。ぐへへへへへ）


だがしかし。

悠斗が2人を安全地帯に置いたのは、『女性を守る』という理由とは別に重要なものが

1つあった。

（絶対に……絶対に俺が止《とど》めを刺してやるぜぇ……！）

ここ最近の戦闘では、せっかく良スキルを持っている敵に巡り合えても、別の人間に止めを刺されてしまうケースが多かった。

確実に《透視》のスキルを入手して、『美少女たちの裸を見放題！』という環境を作るためには、どうしてもアオオニと1対1の状況を作る必要があったのである。

当然のことながらラッセン&ルナは、悠斗《ゆうと》が美少女の裸について思いをはせていることを知らない。

「そこだぁぁぁ！」

至高の戦利品を目の前にブラ下げられた悠斗の気合は十分であった。

悠斗はアオオニが影から浮き上がるタイミングを完全に見極めることに成功する。

「……ギョギッ⁉」

攻撃を躱《かわ》され、利き腕を取られたアオオニは驚愕《きょうがく》の声を漏らす。

全ての格闘技の長所を相乗させることをコンセプトとした《近衛流體術《このえりゅうたいじゅつ》》を習得した悠斗は、《合気道》に関しても達人級の腕前を誇っていた。

単純な腕力では、アオオニの方が数段勝っているだろう。

だがしかし。

もともと合気道という武術は、力の弱いものが、強いものに対抗できるようにと作られた武術である。

右腕の関節を極《き》められたアオオニは、苦悶《くもん》の表情を浮かべながらも影の中に潜ろうとする。


「逃がすかよ……！」


絶対に影の中に潜らせるわけにはいかない。

そう判断した悠斗は、フラッシュライトの魔法を使用して周囲の影を消し去った。


「ギギオオオオオィィィィッ！」

右腕。左腕。右足。左足。

次々と悠斗《ゆうと》に体を壊されることになったアオオニは悶絶《もんぜつ》の声を漏らす。

四肢の自由を奪った悠斗は、すぐさまアオオニのマウントを取った。

「オラアアアァァァァ！」

ラッシュに次ぐ猛ラッシュ。

アオオニの自己治癒速度は凄まじく、拳を打ち込んでいる間にもダメージがどんどん回復していく。

だがしかし。

悠斗の拳は止まらなかった。

美少女の裸を見放題！　という野望を果たすためにも心を鬼にしてラッシュを続ける。

その結果——。

30を超える打撃を重ねた頃には、アオオニの体はピクリとも動かなくなっていた。

「うおっしゃあああぁぁぁあっ！」

戦闘が終わったことに対して、これほど喜びを感じたのは何時《いつ》以来だろうか。
悠斗はそこでステータスを確認。

近衛《このえ》悠斗
固有能力《ユニークスキル》：能力略奪《スキルテイカー》　隷属契約　魔眼　透過　警鐘　成長促進　魔力精製　魂創造
　　　　　魔力圧縮　影縫
魔法：火魔法　ＬＶ４（12／40）　水魔法　ＬＶ６（10／60）
　　　風魔法　ＬＶ５（４／50）　聖魔法　ＬＶ６（37／60）
　　　呪魔法　ＬＶ６（６／60）
特性：火耐性　ＬＶ４（29／40）　水耐性　ＬＶ３（０／30）
　　　風耐性　ＬＶ４（６／40）

影縫＠レア度　☆☆☆☆☆
（影の中限定で高速移動を可能にする力）

ステータス画面には新たに獲得した《影縫》のスキルが追加されていた。

（デ、デスヨネー……）

なんとなく途中からこうなるような気はしていたので特に驚きはない。

記念すべき10個目の固有能力《ユニークスキル》にもかかわらず、素直に喜べないのが悲しいところであった。

能力略奪《スキルテイカー》にはレア度の高いスキルから優先して奪う性質があるのだろうか？

過去にも同様のケースがあったことから、悠斗《ゆうと》はそんな疑問を抱くのであった。

〜〜〜〜〜〜〜〜〜〜〜

凄まじい光景を見てしまった。

悠斗とアオオニの戦闘を間近で目の当たりにしていたラッセン&ルナは、そんな感想を抱いていた。

特にマウントを取ってからの悠斗の猛攻は圧巻であった。

音速に近いスピードで繰り出される拳は、周囲に激風を巻き起こすほどのものであった。

「えーっと……。こっちは一応終わったみたいです」

先程までの鬼神のような形相から一転。

あどけない笑みを浮かべる悠斗を目の当たりにした2人は、背筋にゾクリと悪寒を走らせることになる。

（まったく……。ユートくんが『味方』でいてくれて本当に良かったよ……）

百戦錬磨のラッセンの目を以《もっ》てしても、冒険者としての『器』の底が未《いま》だに知れない。

悠斗が敵に回った時のことを考えると、恐怖で思わず身震いしそうになった。

「ラッセン先輩。このモンスターが、オーガたちを引き連れてきたのでしょうか？」

「強力なネームドモンスターの中には、配下となるモンスターを持った個体もいる。今回も同様のケースである可能性は高いだろうな」

ラッセンが呟《つぶや》いた直後であった。

悠斗《ゆうと》の中にけたたましい電子音が鳴り響く。

警鐘@レア度　☆☆☆☆
（命の危機が迫った時にスキルホルダーにのみ聞こえる音を鳴らすスキル。危険度に応じて音のボリュームは上昇する）

この現象は悠斗が保有する《警鐘》のスキルが引き起こしたものである。
音のボリュームは過去に経験した中でも最高レベルのものであった。
それ即《すなわ》ち——悠斗にとっての命の危機が差し迫っている表れである。

ゴールデンオーガ　脅威ＬＶ　？？？

エラーメッセージ
（この魔物の情報を表示することができません）

「な、なんだあいつは……⁉」

洞窟の奥から1匹のオーガが現れる。

どういうわけか、そのオーガは洞窟の暗がりを照らすかのような黄金の肌をしていた。

「……ユートくん。これはまずいことになったぞ」

オーガマスター　脅威LV　32

気が付くと、囲まれていた。

オーガマスターという魔物はオーガより一回り大きい、2本のツノを生やした鬼のモンスターであった。

その数は、10、20、30……あるいはそれよりも多かった。

「し、信じられません。私の聴覚では、全く気配を感じ取れませんでした！」

「おそらく我々の存在を感知して、闇の中で息を潜めていたのだろう」

結論から言うと、ラッセンの嫌な予感は的中していた。

先程のアオオニとの戦闘で終わっていれば、単なる『ネームドモンスターの出現』という言葉で片付けられていただろう。

　だがしかし。

　今回の襲撃は、それ以上の『ナニカ』を感じさせるものであった。

「断言する。連中は我々の手に負える相手ではない。ここはいったん退いて、ギルドの指示を待とう」

　正体不明の金色のオーガ。

　悠斗《ゆうと》たちの周囲を取り囲んでいる30匹を超えるオーガマスター。

　いかに悠斗の力を以《もっ》てしても分が悪い戦闘であることは明らかであった。

「ラッセン先輩っ！　でも……どうすれば⁉」

「2人とも。今すぐに両目を閉じろ！　アタシが良いと言うまで絶対に目を開けるんじゃないぞ！」

　ラッセンはそう前置きすると、ポケットの中から閃光弾《せんこうだん》を取り出した。

　冒険者としてのキャリアの長いラッセンは、逃走用のアイテムを常備していたのである。

「今だ！　入り口に向かって走れええええ！」


洞窟の中に生息するモンスターには、光による攻撃が有用となるケースが多い。

閃光弾を使ってオーガたちの視覚を奪うことに成功した悠斗たちは、一目散にその場を後にするのであった。


～～～～～～～～～～


命からがら洞窟を脱出した悠斗たちは、グッタリとした足取りでエクスペインの街を目指していた。

帰り道。

2匹のオーガを討伐したことにより本日の討伐数は9匹にも上った。

オーガの頑強さを考えると、かなり健闘した数字と言えるだろう。

少なくとも途中でリタイアしたギリィに数字で負けることはなさそうである。


「お疲れ様です。ユートさん。今回も凄い成果ですね！」

討伐証明部位であるオーガのツノを届けると、受付嬢のエミリアは悠斗《ゆうと》に対してキラキラとした目を向けていた。

ちなみに彗星《すいせい》世代のそれぞれの戦果は以下の通りであった。

悠斗　　↓　９匹
ジンバー　↓　３匹
ドルトル　↓　３匹
ギリィ　　↓　０匹

悠斗の戦果がラッセン&ルナを含めていることを考慮すると、討伐数は3匹で横並びであった。

流石《さすが》は彗星世代ということだろうか。

他人の力を借りずに単独で3匹のオーガを倒したジンバー、ドルトルの実力は侮れない。

それにしても不気味なのはギリィであった。

いくら途中で事故に巻き込まれたからと言って討伐数がゼロというのは不自然に感じる。

このままギリィが素直に引き下がるとも思えなかった。

「本日の報酬は１８０万リアになります。念のためギルドカードをお預かりしますね」

「……あれ？」

「どうなされましたか？」

「……ごめんなさい。ギルドカードなんですけど、何処《どこ》かで落としてしまったのかもしれません」

出かける前はポケットの中に入れていたと思っていたのだが、どれだけ探してもカードを見つけることができない。

「大丈夫です。カードであれば何時《いつ》でも再発行可能ですから。よろしければ手続きをしておきましょうか？」

悠斗はエミリアにカードの再発行を依頼すると、ギルドの外に出て天を仰ぐ。

久しぶりに長時間の遠征をしたせいか思っていたよりも体が疲労していた。

こういう時は女体に触れて癒やされるに限る。

屋敷で待っている女の子たちのことを考えると、悠斗の足取りは少しだけ軽くなるのだった。

〜〜〜〜〜〜〜〜〜〜

屋敷に戻って夕食を済ませた悠斗《ゆうと》は、さっそく本日獲得したスキルの検証作業に入ることにした。

影縫@レア度　☆☆☆☆☆
（影の中限定で高速移動を可能にする力）

透視のスキルを獲得できなかったのは残念であったが、単純なレア度で言うのであれば影縫のスキルに軍配が上がる。
両方とも有用なスキルであることには変わりなかった。

「うおおおっ！　これはスゲー！」

スキルを使用して影の中に入った悠斗は思わず感嘆の声を漏らす。
てっきり影の中では視界が利かないものだと思っていたのだが、キッチリと周囲の景色を見渡すことができる。

雲で月明かりが翳《かげ》った夜は、影縫の移動範囲も広くにわたっていた。

試しに影の中を走ってみる。

シュッ。

シュバババババッ。

地上にいる時と比べて何かが変わったようには思えない。

魔眼による説明では、高速移動が可能と書かれているのだが、これは一体どういうことなのだろうか。


「プハッ……。もう限界だ……」


どうやら影の世界というのは、水中と同じように人間が呼吸できない場所らしい。

ここだけは本当に気を付けなければならない。

長居してしまうと、影の中で呼吸困難を起こして、そのまま孤独死という事態にも陥りかねない。


「たぁ！　えい！　やぁぁぁ！」

暫《しばら》く影の中を散歩していると、聞き覚えのある声が影の世界に入ってくる。

声のした方に目をやると、懸命に剣の稽古に明け暮れるスピカの姿がそこにあった。

(あれ……？　気のせいかな。影の中から見るとスピカの動きが少しだけ遅く見えるぞ……？)

悠斗《ゆうと》はそこで説明欄にあった『高速移動』の意味を理解することになる。

どうやら影の世界というのは、地上に比べると時間の進み方が遅くなるらしい。

この時間差こそが『高速移動』の正体だったのである。


「ふぅ……。疲れました。少し休憩にしましょうか」


スピカは木陰に入って体育座りをする。

周囲に他人の視線がないので油断しているのだろう。

何時《いつ》もよりも少しだけ足を広げて座るスピカのスカートの中は無防備な状態であった。

（ぬおっ！　もしかしてこれは……パンチラが拝み放題なのでは⁉）

すかさず悠斗はスピカの足元に移動しようと試みる。

だがしかし。

寸前のところで思《おも》い止《とど》まった悠斗は、スカートの中を覗《のぞ》くことなく引き返すことにした。

（――バカか俺は！　スピカのパンチラなんて他に見られる方法はいくらでもあるじゃないか！　発想のレベルが小学生から進化していねえ⁉）

悠斗は決してパンチラを軽く見ているわけではない。

むしろパンチラに対するリスペクトは人一倍持っているつもりであった。

けれども、今回は少しだけ条件が違う。

せっかく新スキルを獲得したのだから普段とは趣の異なるプレイをしていくべきだろう。

（巻き起こしてやるぜ！　エロのイノベーション！）

決意を新たにした悠斗《ゆうと》はメラメラと闘志を燃やしていた。

「よぉ。スピカ。訓練、頑張っているみたいだな」
「ご、ご主人さま⁉」

悩んだ挙げ句に悠斗は、影の中から出て普通に声をかけることにした。
不意に声をかけられたスピカは、驚きのあまりピクリと肩を震わせる。

「はい。何時《いつ》までもご主人さまに守られているわけにはいかないですから！　私、どんどん強くなりますよ！」

もともとの筋が良かったからだろう。
悠斗の目から見てもスピカの剣技は面白いように上達しているように思えた。
最初は完全な素人であった剣筋も今では鋭さを覗《のぞ》かせている。
現段階でも街のゴロツキくらいならば、スピカ単独の力で撃破できそうであった。

「なぁ。スピカ。ちょっと新しいスキルを覚えたからさ。実験に付き合ってくれよ」

「ななな っ。新しいスキルですか⁉」

通常、固有能力《ユニークスキル》とは生物が先天的に保有しているものであり、努力で身に付く類《たぐい》のものではない。

だからこそスピカは、次々に新スキルを獲得していく悠斗に対して崇拝の眼差しを送っていた。

「―――ッ⁉」

悠斗が《影縫》のスキルを使用した次の瞬間。

スピカは思わず目を擦って先程まで悠斗が立っていた場所を二度見してしまう。

透過@レア度　☆☆☆

（自身とその周囲の物体を透明に変えるスキル。使用中は行動速度が激減する）

以前に悠斗が使用した《透過》のスキルとは訳が違う。

影の中に姿を隠した悠斗は、スピカの嗅覚レーダーからも外れて、完全に気配を遮断することに成功していた。

「ご、ご主人さま……？　何処《どこ》にいるのですか？」

「フハハハ！　スピカよ。俺なら此処《ここ》にいるぞ！」

「？．？．？．」

スピカは思わず自身の足元に視線を落とす。

悠斗《ゆうと》の声はまるで地面の中から聞こえてくるかのようであった。

「分からないのか？　ここだよ！　ここ！」

「ままま、まさか……」

下半身に違和感を覚えたスピカは自らのスカートをそっと捲《まく》ってみる。

「正解。よく分かったな」

スカートの中に目を移すと見慣れた顔がそこにあった。

探していた悠斗の顔はスカートの中にあった。

あまりに想定外の展開を前にしたスピカは、現実を受け止められずにいた。

（ふふふ。俺は今……スピカのパンツと合体している！）

悠斗は感動していた。

小学生の卒業アルバムの『将来の夢』の欄が『美少女のパンツ』だった悠斗は、今まさに自らの夢を叶《かな》えようとしていた。

「びえっ！　びえええええええっ⁉」

まさか自らの主人がパンツと合体するとは思いもしなかった。

トラウマものの光景を目の当たりにしたスピカは、衝撃のあまり口から泡を噴き出したまま失神するのだった。

3. 出現！ 偽悠斗！

翌日。

朝早く起きた悠斗は、さっそくオーガ討伐クエストのリベンジを果たすべく冒険者ギルドを訪れていた。

「えっ。中止ですか⁉」

「……はい。申し訳ございません。先日の調査により持ち帰った情報を精査したところ、今回のクエストはゴールドランク以上の方でなければ討伐は難しいと判断させて頂きました。

現在この街で手の空いているゴールドランクの方はおりませんから、ギルドとしては《岩山の洞窟》のクエストを中止しようと考えております」

「…………」

残念ではあるが、納得の感情が先にきた。

どう楽観的に考えても、《岩山の洞窟》のオーガたちを6人の冒険者で駆逐するのは厳しそうであった。

特に最後に姿を見せた『ゴールデンオーガ』については別格である。

悠斗は推測する。
その実力は史上最悪のネームドモンスターと謳《うた》われた《不死王タナトス》ですら軽々と凌駕《りょうが》しそうであった。

（……参ったな。いきなり暇になっちまったぞ）

本日はラッセン＆ルナと一緒にギルドに集まってオーガ退治を続行するつもりだったのだが、完全に予定が狂ってしまった。
手持ち無沙汰になった悠斗が頭を悩ませながらもギルドの外に出た直後であった。

「探しましたよ！　ユートさん！」

エナ・マスカルディ
種族：ヒューマ
職業：ウェイトレス
固有能力《ユニークスキル》：なし

何処《どこ》か見覚えのある人物に声をかけられる。

「えーっと……。キミはたしか……！」


普段は店の制服を着ているので気付くのが遅れてしまった。

そこにいたのは、悠斗《ゆうと》が時折利用していた小料理屋の看板娘である。

少し垢抜《あかぬ》けない顔立ちが魅力的なエナは、悠斗が密かに気にかけている人物であった。

「どうしたの？　エナちゃん」

「ううう……。昨日のこと、忘れたとは言わせませんよ！　私の体、散々モテ遊んだ癖に！」

「はい……？」

身に覚えのない非難を浴びせられた悠斗は、ポカンと口を半開きにしていた。

「私、信じていたんですよ……？　ユートさんになら私の初めて、あげてもいいかなって思っていたのに……」

「ちょっと待ってくれよ。何を言っているのか分からないよ⁉」

「とぼけないで下さい！　ユートさんはいきなり私の体を抱きしめて、お尻を触ってきたじゃないですか！」

「………」

事情は分からないが、『可愛い女の子には優しく、そうでない女子はまあそれなりに扱うこと』というのが幼少期の頃より、近衛流《このえりゅう》の師範である祖父から教えられてきた言葉である。

悠斗にとって現在の状況は看過できないものであった。

「私のこと……遊びだったんですね⁉」

「そ、そんなこと……」

「なら、私のお尻を触った責任、取ってくれますよね……？」

「………」

怒濤《どとう》の追及に思わず口をつぐんでしまう。

悠斗は自他共に認める女好きである。

それは疑いようのない事実であった。

だがしかし。

悠斗はこういう女性の生々しい部分に関しては大の苦手だった。

逆に言うと、こういう修羅場を回避したいからこそ、今日《こんにち》まで不特定多数の女の子たちと一線を越える行為を我慢できたとも言える。

一体何がどうなっているのだろうか？

悠斗は狐《きつね》につままれたような気分に陥っていた。

「ククク。見～つ～け～た～ぞ～！」

アドルフ・ルドルフ
種族：ヒューマ
職業：商人
固有能力《ユニークスキル》：鑑定

鑑定＠レア度☆
（装備やアイテムのレア度を見極めるスキル。魔眼とは下位互換の関係にある）

聞き覚えのある声に釣られて視線を移すと、そこにいたのは意外な人物であった。
ギルド公認商店の主人であるアドルフ・ルドルフは、悠斗《ゆうと》にとっては付き合いの長い知人である。
少々ボディタッチが激しいのが玉《たま》に瑕《きず》であるが、面倒見の良いアドルフには様々な場面で助けられたことがあった。

「ア、アドルフさん⁉　どうしたんですか？」

「どうしたもこうしたもあるかっ！」

普段温厚な人間ほど怒ると怖いのだろう。

アドルフの怒りの表情は、悠斗すら圧倒させるものであった。

「俺はよ。兄ちゃんのことを高く買っていたんだぜ？　悲しいぜ！　まさか兄ちゃんに店の商品を盗まれる日が来るとはよっ！」

「待ってください！　俺は何も盗んだ覚えがありませんよ！」

「しらばっくれるんじゃねぇ！　許さんぞ！　こちとら証拠は挙がっているんだ！」

「…………」

これ以上は何か弁明しても無駄だろう。

事情は分からないが、アドルフは悠斗が犯人であると確信しているようであった。

「ククク……。許さんぞ！　盗んだ分の代金は……キッチリ兄ちゃんのケツ穴で払ってもらうからな！」

「ひぃっ！」

童貞を卒業する前に違う童貞を卒業するわけにはいかない。

身の危険を感じた悠斗《ゆうと》は全速力で逃げ出した。


「待ちやがれ！」

「待ってください！」


エナ&アドルフは悠斗の後を追う。

2人の形相に萎縮してしまった悠斗は、完全に撒《ま》くことができないでいた。


「あ！　見つけたぞ！　コノエ・ユートだ！」

「ウチの家宝の刀を返して下さい！」

「テメェッ！　よくもオレの娘を泣かせてくれたなっ！」


どうやら悠斗に対して恨みを持っているのは2人だけではなかったらしい。

騒ぎを聞きつけた人間たちは次々と悠斗の後ろに列を作り、痴話喧嘩《ちわげんか》から始まった事件は気が付くと大騒動となっていた。

「いい加減にしてくれよ！　神に誓ってもいい！　俺は女の子を泣かせるようなことも、他人のものを盗むようなこともしてねえよ！」

もちろん悠斗は走りながらも必死に無実を主張していた。

しかし、脇目も振らずに追ってくる人間たちの耳には届く由《よし》もなかった。

「あ！　ラッセンさん！　ちょうど良いところに！」

渡りに船とはこのことだろう。

エクスペインの街を一周して冒険者ギルドに戻ってくると、頼れる先輩冒険者の姿を発見することができた。

「聞いて下さい！　ラッセンさん！　街の人たちの様子がおかしいんです！　どういうわけか俺のことを悪者扱いするんですよ⁉」

「…………」

助けを求める悠斗であったが、ラッセンの表情は晴れなかった。

（おいおい。まさかラッセンさんまで……⁉）

悠斗《ゆうと》が嫌な予感を覚えた直後であった。

ペシンッ！

ラッセンのビンタが悠斗の頬《ほお》に炸裂《さくれつ》する。

「見損なったぞ！　アタシは男を信用しない。けれど、キミだけは……世界で唯一人《ただひとり》キミだけは……信じられるような気がしていたのだぞ……」

知らなかった。

普段の辛辣な態度から誤解していた。

こんなことは初めてだった。

男勝りなラッセンは、普段絶対に人前で涙を見せたりしないのである。

ラッセンの目から零《こぼ》れ落《お》ちる涙は、これまで２人の間で積み上げてきた信頼の証《あかし》——。

それだけに悠斗は行き場のない憤りを感じていた。

「おや。もしかしてキミは……本物のユートくんなのか……？」

「……どういうことですか？」

ラッセンの言葉を聞いた悠斗は小首を傾《かし》げる。

本物も何も近衛《このえ》悠斗という人間は世界に只一人だけである。

誰かが変装をしようにも、黒髪黒眼という特殊な外見をした悠斗を真似るのは不可能に近い。

「……分からない。ただ、キミは先程アタシの体を触ってきたユートくんとは別人な気がするんだ」

ラッセンの言葉を聞いた悠斗は考えを改める。

たしかに現在起こっている不可思議な現象は、『もう1人の自分』が意図的に悪事を働いていると納得できる部分があった。

物理的な変装は不可能でも、特殊な《固有能力《ユニークスキル》》を使用しているというケースも考えられる。

「ラッセンさん！　信じてくれるんですね！　ようやくデレ期に入ったんですね⁉」

嬉《うれ》しかった。

詳細は分からないが、偽者の自分は相当精緻な変装を施している可能性が高い。

にもかかわらず一瞬で本物だと信じてくれたのは、偏《ひとえ》に愛の賜物《たまもの》だと考えたのである。

「いや。それは違う。先程出会ったユートくんの左肩はアタシが銃で撃ち抜いている。だからこそ、この短時間で傷口が治っているのが信じられないのだ」

いくら体を触ってきたからと言って相手に発砲したりするだろうか。

（ほ、本当にこの人は俺のことを信用していたのだろうか？）

一歩間違えていたら撃ち抜かれていたのは自分だったかもしれない。

今後ラッセンには絶対にセクハラしないでおこうと悠斗《ゆうと》は心に誓う。

「見つけたぞ！　お前が偽者のオイラだな！」

黒宝の指輪@レア度　☆☆☆☆☆☆☆
（他人が所持する《魔眼》スキルの効果を無力化する）

聞き覚えのある声に反応して目を向けた悠斗は絶句した。

何故ならば――。

そこにいたのは自分と完全にウリ二つの――『もう1人の自分』としか形容できない人物だったからである。


「どういうことだ……？　やはりユートくんが2人⁉　ユートくん。キミはどこかで分裂したとでもいうのか⁉」

「違いますよ。見て下さい。アイツの肩からは血が出ています」


偽者の悠斗の左肩からは出血の痕跡があった。

回復魔法で処置を施したのだろうが、着ている服にはベッタリと血液が付着していた。

「なるほどな。そういうわけか。『本物の』ユートくん。先程は唐突に殴ってしまい、すまなかった。このことは1つ貸しにしておいてくれないだろうか」

「いいえ。いいんです。ラッセンさんのおかげで偽者が判明したのは確かですから」

そうこうしているうちに悠斗《ゆうと》の背中を追ってきた住民たちが到着する。

「どういうことだ？　兄ちゃんが2人いるだと……!?」

「アドルフさん。違いますよ。あの左肩に血が付着している俺は偽者の俺です！　今回の騒ぎは全てアイツが起こしたものだったんですよ！」

「う〜む。たしかにアイテムだけを見ると、こっちの兄ちゃんが本物に見える。本物の兄ちゃんが身に着けていたのは『黒宝の首飾り』だ。向こうの兄ちゃんが装備しているのは、『黒宝の指輪』だもんなぁ……」

希少価値が高く、個人情報を守るために重要な役割を果たす『黒宝装備』は、滅多なことでは手に入らないことで知られていた。

どうやら偽悠斗は、他の装備は真似できても『黒宝の首飾り』までは用意することができなかったみたいである。

「アドルフさん！　違いますよ！　本物のユートはオイラです！　偽者の言葉には惑わされないで下さい！」

「いい加減にしろよ偽者！　そんなに言うなら証拠を見せてみろよ！」

「証拠……証拠ねぇ……。なら、これならどうです？」

不敵に笑う偽悠斗は懐の中から1枚のカードを取り出した。

「なっ……」

悠斗は絶句した。

何故ならば――。

偽悠斗の手に握られていたのは、先日悠斗が紛失したはずのギルドカードだったからである。

「なぁ。偽者さん？　あんたが本物だって言うならよ。その証拠にギルドカードを見せてくれよ」

「グッ。そ、それは……」

悠斗のギルドカードは現在エミリアの下《もと》で再発行の手続き中である。

ギルドカードを奪われたのは痛かったが、今回の一件で悠斗は偽悠斗の正体について目星をつけることができた。

昨日のことを思い返して考えてみる。

悠斗に接近してギルドカードを奪うことができた人物というと心当たりは1人しかいない。

「ラッセンさん。1つ聞いて良いでしょうか？　ちなみにラッセンさんが触られたのは、体の何処《どこ》ですか？」

「何故、そのようなことを聞くのだ？」

「いいから答えて下さい。偽悠斗《ゆうと》の正体を知るために必要なことなんですっ！」

悠斗の真剣な表情に根負けしたラッセンは、恥ずかしそうに視線を泳がせながらも口を開く。

「尻……だが……」

これでハッキリした。

エナに続いて被害者の共通点が、『尻を触られた』という部分にあることから偽悠斗の正体はまず《百面相ギリィ》と見て間違いないだろう。

何故か？

普通の男ならば最初に目が行くのはラッセンの巨乳のはずである。

しかし、偽悠斗はあくまで尻に拘《こだわ》った。

この異様な行動は、執拗《しつよう》なまでにラッセンの尻に拘っていたギリィの性的嗜好《しこう》と一致する。

「──参ったな。身に着けている装備で考えると右側の兄ちゃんが本物だが、ギルドカードを持っているのは左側の兄ちゃんだ。これは本格的にどちらが本物か分からなくなってきたぞ……」

対照的に、周囲に集まってきた人間たちは、どちらが本物の悠斗か見極めることができずに困惑していた。

「本物を見極める方法が1つだけあるぜ」
「なにっ。それは本当か⁉」

不敵な笑みを零《こぼ》しながらも偽悠斗は言う。

「ああ。本物のコノエ・ユートは冒険者として他の追随を許さない実力を持っている。だからオイラとお前、どちらが強いかで決着を付ければいいんだよ」
「直接対決っていうなら話は早い。その提案、乗らせてもらうぜ」
「まぁ、そう急《せ》くなよ。せっかくだから《岩山の洞窟》でどっちが多くのオーガを倒せるかで競おうぜ。それなら冒険者ギルドに貢献もできて一石二鳥だろ」
「…………」

ここで偽悠斗《ゆうと》の提案を無視して殴りかかるのは簡単である。

しかし、その場合、果たして周囲の人間たちは、自分が本物であると認めてくれるのだろうか？

最悪の場合、卑怯者《ひきょうもの》と揶揄《やゆ》されて、周囲の反感を買う可能性もある。

「——分かった。その条件、呑《の》んでやるよ」

これまでの悪評を完全に消し去るのは、相手の提示した条件で勝利する方が確実だろう。

そう判断した悠斗《ゆうと》は、不本意ながらも偽悠斗の提案を受け入れるのであった。

4. VS. 彗星世代

偽悠斗との勝負のために再び《岩山の洞窟》にやってきた。

勝負が付くのは6時間後――。

どちらがより多くの『オーガのツノ』を持って、冒険者ギルドに帰還できるかというルールであった。

果たして、偽悠斗改めギリィはどれほどのツノを持って帰ってくるだろうか？

前日の戦果では0本であったが、この数字は本物の実力を隠していたと考えた方がいい。

確実に勝利するためには10本は集めておきたいところである。


～～～～～～～～～～～～～～


「つ、疲れたぁ……。しんど……」

複数匹のオーガとエンカウントできたのが幸運だった。

探索から5時間経過した頃には、12本のオーガのツノを獲得することに成功していた。

悠斗《ゆうと》はそこでステータスを確認する。

近衛《このえ》悠斗
固有能力《ユニークスキル》：能力略奪《スキルテイカー》　隷属契約　魔眼　透過　警鐘　成長促進　魔力精製　魂創造
　魔力圧縮　影縫
魔法：火魔法　ＬＶ４（12／40）　水魔法　ＬＶ６（10／60）
　風魔法　ＬＶ５（４／50）　聖魔法　ＬＶ６（37／60）
　呪魔法　ＬＶ６（６／60）
特性：火耐性　ＬＶ６（９／60）　水耐性　ＬＶ３（０／30）
　風耐性　ＬＶ４（６／40）

火耐性の項目が大幅に向上していた。
このところはオーガばかり倒していたので、ステータスが大きく偏ってしまったのが悩みどころであった。

（……でもまぁ、ひとまずこれで勝負に負ける可能性は無くなったかな）

ホッと胸を撫《な》でおろした悠斗が出口を目指した直後であった。
頭の中に警鐘スキルによる電子音が鳴り響く。

「なんだ……!?」

ふと視線を上げると、天井が崩れて、今にも落下しそうな状態になっていた。
最初は落石かとも思ったのだが、それにしては様子がおかしい。
いくらなんでも唐突で、崩れてくる範囲が広過ぎる。
何者かが人為的に引き起こしたものだとしか考えられなかった。

「——それなら！」

走って逃げたところで天井の落下範囲外に避難できそうにない。
そう判断した悠斗は、先日入手したばかりの《影縫》のスキルを使用することにした。

ドルトル・ヒューマッハ
種族：ハーピィー

職業：冒険者
固有能力《ユニークスキル》：重量変化
重量変化＠レア度　☆☆☆☆☆
（物体の重さを変化させるスキル）

「少し驚いたぞ。今の一撃を受けても無傷とはな……」

粉塵《ふんじん》の中から現れた人物は、《鳥人ドルトル》であった。

ドルトルの姿を目撃した瞬間、悠斗《ゆうと》は今回の落石の原因が固有スキル《重量変化》だということを理解した。

「おいおい。ドルトル〜。お前が殺し損ねるとは珍しいじゃねーか。それともまさか俺っちのために見せ場を取っておいてくれたのか？」

ジンバー・ルッカス
種族：レプラコーン

職業：冒険者
固有能力：昆虫操作
昆虫操作＠レア度　☆☆☆☆☆
（昆虫を操るスキル）

続けて現れたのは、平均身長130センチと小柄な種族――レプラコーンの《蟲使《むしづか》いジンバー》である。

ドルトルとジンバー。

2人は悠斗と同じ《彗星《すいせい》世代》の中心人物であり、悠斗と同じシルバーランクの冒険者であった。

「そういうことかよ。最初からまともに俺と戦うつもりはサラサラなかったということか」

「――ハハハッ。まぁ、そう言うなよ。戦いに勝つためには、どんな汚い手段も厭《いと》わない。そういうやり方がオイラにとっちゃ正攻法なんだ」

最後に現れたのは、悠斗とウリ二つの姿をした――《百面相ギリィ》である。

変身@レア度　☆☆☆☆☆
(過去に触れたものの姿に成り代わるスキル)

ギリィは固有能力《ユニークスキル》《変身》を解除して本来の姿を露わにする。

包帯の中のギリィの素顔は、意外なことにハイレベルな美男子であった。


「悪いな。コノエ。3対1は気が進まないが、ギリィとは付き合いが長いのでな」

「お前、生意気なんだよ！　新人の癖に俺っちより目立っているんじゃねぇ！　消えろや！　ボケェッ！」


そう。

つまるところ悠斗《ゆうと》は最初からギリィの掌《てのひら》の上で踊らされていたのである。

オーガの討伐数で競うという提案は、悠斗の体力を少しでも削って戦いを有利にするためのものに過ぎない。

ギリィの真の狙いは、仲間を雇って3対1の戦闘をすることであった。

「安心しろよ。このままお前が死んでも、囲いの女の面倒は見てやるからよ～。スピカ？　シルフィアとかいったか？　オイラが肉便器としてヒィヒィ言わせてやるぜ」

狙って言っているのであれば性質《たち》が悪い。

ギリィの言葉は悠斗の神経を逆なでするものであった。

「――そこまで言うからには覚悟はできているんだろうな？　悪いが手加減はしねぇぜ！」

悠斗が放つ殺気は、並の冒険者であれば即座に失神してしまうほどの強烈なものであった。

だがしかし。

彗星《すいせい》世代と呼ばれる百戦錬磨の３人はその程度では怖気《おじけ》づかない。

「手加減？　んなもん必要ねぇぜ！　勝負ならもうとっくに付いているからな。キャハハハハハハ！」

「――――ッ！」

ジンバーが合図を送った次の瞬間。

瓦礫《がれき》の中から無数の生物が悠斗《ゆうと》に向かって飛びかかる。

「こいつは……⁉」

その数は優に10匹を超えているだろう。

気が付くと、悠斗の両足には奇妙な形をした昆虫がビッシリと張り付いていた。

「ククク。そいつは死神サソリといってな。一度、刺されたら最後。ターゲットが息絶えるまで毒を注入し続けるぜ！　ボケがぁっ！」

一匹一匹、剝《は》がしていたら毒が全身に回ってしまうだろう。

そう考えた悠斗は、水属性魔法のウォーターを使用して地面を氷漬けにすることにした。

「なんだ……何をする気だ……？」

死神サソリを氷漬けにするならともかく、地面を凍らせる狙いが分からなかった。

ジンバーは困惑していた。

通常であれば死神サソリに刺された人間は、慌てて引き剥がそうとするものである。

それこそまさにジンバーの仕掛けたワナでもあった。

死神サソリには、無理に引き剥がそうとすればするほど多量の毒を注入する性質が存在していた。

「――いけるっ！」

全ての格闘技の長所を相乗させることをコンセプトとした《近衛流體術《このえりゆうたいじゆつ》》を習得した悠斗は、《フィギュアスケート》に関してもオリンピック出場選手並みの実力を誇っていた。

中でも悠斗が得意としていたのは、持ち前の身体能力を最大限に生かしたジャンプである。

4回転サルコウ＋3回転トウループ。

悠斗渾身《こんしん》のコンビネーションジャンプは、強烈な遠心力を発生させて、サソリの毒針を綺麗《きれい》に引き剥がす。

悠斗の着氷は体の軸に一切の乱れがない完璧なものであった。

「なに――ッ⁉」

ジンバーは驚愕《きょうがく》していた。

死神サソリの針を抜いたのもそうだが、何より驚いたのは、毒を注入されても悠斗《ゆうと》がしっかり立っていることであった。

死神サソリの毒針は、オーガすらも仕留めるほどの強力なものである。どうして人間である悠斗が毒を受けても平気なのか？　ジンバーには理解ができなかった。

結論から言うと、その秘密は悠斗のジャンプの最中に行われていた。悠斗は空中で回転している最中、両脚の筋肉を収縮させて、毒素を体外に吐き出していたのである。

（クッ……。流石《さすが》に全部の毒を取り除くことはできなかったか……）

頭が痛い。

思考が上手くまとまらずに足元が少し覚束《おぼつか》ない。

「なんという怪物！　そうでなくては面白くない！」

「気を付けろよ！　ドルトル！　こいつは……こいつだけは今まで戦ってきたどんなやつとも違う！」

悠斗のジャンプを目の当たりにしたドルトル＆ジンバーは一層警戒心を強めていた。

「認めるよ……。間違っていたのは俺の方だった」

その時、悠斗の脳裏に過《よぎ》ったのはラッセンの言葉であった。

『冒険者の仕事はどんなに強くても……いや、強くあるが故に命を落とすことがあるのだよ』

つまるところ、今回のピンチは全て悠斗自身の傲慢が招いた結果なのである。

オーガの討伐数を競うという勝負がブラフで、疲れたところで不意を突いてくるという可能性を考えていないわけではなかった。

だがしかし。

どんなに疲れていても他の冒険者との戦闘で負けるはずがないという慢心が、心の何処《どこ》かにあったのだ。

「――ここから先は全力全霊でいかせてもらう」

啖呵《たんか》を切った悠斗《ゆうと》の戦闘能力は一瞬にして数倍に引き上がることになった。

《鬼拳》。

戦闘に不要な《生存本能》というリミッターを意図的に解除するこの技を悠斗はそう呼んでいた。

一歩間違えれば命を失いかねないキケンを伴っている《鬼拳》は、悠斗が全力の時だけ使用すると決めている技であった。

〰〰〰〰〰

鬼拳を発動させてからも悠斗の苦戦は続いた。

ギリィ、ドルトル、ジンバー。

単純な戦闘能力で比較をすると、３人の実力は合計しても、以前に戦ったサタンの10分の1にも満たないものである。

だがしかし。

基本的に正面からの1対1を好んでいる魔族と人間の戦闘スタイルは大きく異なるものである。

思い返してみれば、最初の天井の落下も毒虫を隠すための布石だったのだろう。

足りない身体能力を知恵と工夫で補ってくる。

人間の持っている『強さ』は、魔族とはまた違った種類のものがあった。

「はぁ……。はぁ……。ようやく倒せたか」

結局、3人を戦闘不能に追い込んだのは、悠斗が《鬼拳》を発動させてから5分後のことであった。

「ぴぎぃぃぃ！　わ、悪かったよ！　オイラが悪かった！　ほんの出来心だったんだ！　この通りだ。命だけは許してくれよ――!!」

既に戦意を喪失したギリィは、頭を地面に擦りつけながらも命乞いをしていた。

「喚《わめ》くなよ。お前には更生の余地があると思っている。だから別に最初から命まで盗《と》ろうなんて思っていねーよ」

ギリィは動揺していた。

先程までの鬼神のような戦い振りからは予想していなかった言葉である。

(なんだこいつ？　もしかして甘ちゃんだったのか？)

もしもギリィが逆の立場にあったのならば、躊躇《ちゆうちよ》なく悠斗《ゆうと》のことを殺していただろう。

思わぬところで命拾いをしたギリィは僅《わず》かに口角を吊《つ》り上《あ》げる。

「だろ？　だろ？　こう見えてオイラ、結構優しいところもあるんだぜ？」

「何を勘違いしている？　お前は、殺されて当然の反吐《へど》が出るようなゲス野郎だろうが」

悠斗に威圧されたギリィは即座に自らの考えを改める。

他人を殺す覚悟がないわけではない。

その気になれば目の前の男は、道端の蟻《あり》を踏み潰すかのように他人を殺すだろう。鬼気迫る悠斗の表情は、ギリィにそう思わせるのに十分なものがあった。

「……な、ならよ。どうしてオイラのことを助けようっていう気になったんだよ⁉」

ギリィは不思議でならなかった。

一体悠斗が自分のどこに対して『更生の余地』を見出したのか？　純粋に興味が湧いていたのである。

「……尻だ」

「尻？」

「――これは俺の持論であり信念でもある。女の尻が好きなやつに悪いやつはいねぇ。お前は最低のゲス野郎だが、何かきっかけがあれば変われると信じているよ」

分からない。

悠斗の思考回路が一ミリたりとも理解できない。

謎に満ちた悠斗の理論に、ギリィの思考回路は今にもショート寸前であった。

「ま、待てよ！　このまま見逃せば、オイラは絶対にお前の姿を使って悪いことをするぜっ！　お前はそれで良いっつーのかよ⁉」

このまま戦いが終わるのはギリィのプライドが許さなかった。

ギリィはエクスペインの街のスラムで生まれ育った。

娼婦《しょうふ》の母親には物心が付く前に捨てられ、父親の顔など未《いま》だかつて一度も見たことがない。

ギリィは生きることに必死だった。

食べ物を手に入れるために盗みに入るのは当たり前だったし、マンホールの中の寝床を確保するために他の子供を蹴り出すこともあった。

スラムから脱出して、冒険者として大成してからもそれは同じである。

冒険者として成り上がるためには、どんな手段も厭《いと》わない。

だがしかし。

他人に恨まれることが当たり前だったギリィは、唯一《ゆいいつ》『良いやつ』の烙印《らくいん》を押されることだけは耐えきれなかったのである。

「──信じているぜ。ギリィ。お前の尻に対する愛はきっと本物だ」

爽やかな笑みを浮かべながらも悠斗《ゆうと》は踵《きびす》を返す。

（……分からねえ。お前は結局、オイラに何が言いたかったんだよ⁉）

ギリィには最後まで悠斗の考えていることは理解できなかった。

けれども、何故だろう。

悠斗が残した言葉の一言一句は、ギリィの胸に深く突き刺さる。

（ダァ──ッ！　クソッ！　何時《いつ》以来なんだろうな。誰かに信頼されるってことはよぉ──⁉）

ギリィの胸の奥から込み上げてきたのは随分と長い間、忘れていた温かい感情だった。

それから。

悠斗の耳にそれ以降、偽悠斗が出没したという情報は届かなくなるのだった。

〜〜〜〜〜〜〜〜〜〜〜〜〜〜〜〜〜

無事に《彗星世代《すいせい》》の奇襲を返り討ちにした悠斗《ゆうと》は、《岩山の洞窟》の入り口を目指して歩いていた。

（……まだまだ俺も修行が足りないっていうことだろうな）

長時間《鬼拳》を使った疲労が抜けきれていない。

体に回った死神サソリの毒の影響もあり、悠斗の体力は限界を迎えようとしていた。

（……ダメだ。このまま歩くと死んじまいそうだ）

そう考えた悠斗は、手頃なサイズの岩を見つけて座ることにした。

全身の魔力と体力が枯渇して悲鳴を上げている。

こういう時は何か口に入れるに限る。

そう考えた悠斗は、バッグの中からリリナに作ってもらったサンドイッチを取り出した。

（ん？　なんだ……？　何か来る……？）

休憩を始めて10分ほど経過しただろうか。

体の疲労が徐々に回復してきた折、突如として洞窟の中は眩《まばゆ》い黄金の光に照らされ始める。

その男との出会いは何の前触れもなく唐突に――。

思いがけないタイミングで訪れた。

アーク・シュヴァルツ

種族：ヒューマ

職業：冒険者

固有能力《ユニークスキル》：魔眼

魔眼＠レア度　☆☆☆☆☆☆

（森羅万象の本質を見通す力。ただし、他人が所持するレア度が詳細不明《アンノウン》の能力に対しては効果を発揮しない）

最初はギリィの変装だとも考えたが、それにしては様子がおかしい。

背丈は悠斗《ゆうと》と同じくらい。

黒髪黒眼をしたその人物は、何処《どこ》か悠斗と同じような雰囲気を持っていながらも完全な別人であった。

（アーク⁉　アーク・シュヴァルツだと……？）

人類史上最強と謳《うた》われているアークの名前は、トライワイドの歴史に疎《うと》い悠斗ですら知っていた。

５００年前に伝説的な活躍を以《もっ》て魔王軍を打ち破ったアーク・シュヴァルツが現代で生きているわけがない。

所詮は他人の空似だろうと推測した悠斗であったが、即座に考えを否定することになる。

ゴールデンオーガ　脅威ＬＶ　？？？

エラーメッセージ
（この魔物の情報を表示することができません）

どういうわけかアークは、以前に悠斗が出会った強敵『ゴールデンオーガ』を地面に引きずりながらも運んでいた。

（なにっ……⁉　アイツは……⁉）

ゴールデンオーガからは生命の気配が感じられない。
状況から察するにアークが倒したことは明白であった。

「ようやく会えたな。コノエ・ユート」

男にしてはやや高い声質ながらも、アークの言葉は不思議と悠斗の中にどっしりと響いた。

この時点で悠斗は目の前にいる人物が正真正銘、本物のアークであることを確信した。

「オレの名前はアーク。アーク・シュヴァルツ。レジェンドブラッドの最後の1人と言った方が早いか？　貴様のことはミカエル、ソフィア、サリーから聞いている。仲間たちが世話になっているようだな」

これまで出会ったレジェンドブラッドのメンバーとは格が違う。

魔術師『ミカエル・アーカルド』、賢者『ソフィア・ブランドール』、武闘家『サリー・ブロッサム』。

いずれもそうそうたる実力者であったが、アークと比較をすると、同じグループに所属しているのが信じられないほどに見劣りしてしまう。

「そりゃどうも。……で、高名な勇者さんが俺に何の用だ?」

「まぁ、そう言うな。こう見えてオレは、貴様と会える日を心待ちにしていたのだから」

アークはそう告げると悠斗《ゆうと》の体を観察するように眺め回す。

「しかし、そうか。どうやら貴様の実力はオレが期待していたものを遥《はる》かに下回っていたらしい。端的に言って興味が失せたよ」

「なに……!?」

「もう一度言おうか。オレから言わせると貴様は単なる井《い》の中《なか》の蛙《かわず》に過ぎんということだ」

「…………」

これほどまでに貶《おとし》められるのは何時《いつ》以来だろうか？

アークの挑発を受けた悠斗は闘争心を掻《か》き立《た》てられていた。

「面白い。そこまで言うからには、あんたは俺より強いんだろうな？」

「当然だ。貴様など１００人が束になったところでオレの足元にも及ばんよ」

そこまで言われたところで悠斗の決意は固まっていた。

悠斗は体に残っていた最後の力を振り絞り、《鬼拳》を発動。

勢いよく地面を蹴ると、力一杯にアークに対して拳を入れる。

《破鬼》。

自らの身体能力を向上させる《鬼拳》を発動させた状態で、近衛流體術《このえりゅうたいじゅつ》の究極奥義である《破拳》を使用するこの技を悠斗はそう呼んでいた。

悠斗が放った《破鬼》は強烈なソニックブームを発生させて周囲の粉塵《ふんじん》を巻き上げていく。

目が覚めるような渾身《こんしん》の一撃。

体に疲労は残っていたが、途中で休憩を挟んだことによって納得のいく威力で攻撃を放つことができた。

だがしかし。

そこで驚くべきことが起こった。

「な……に……!?」

グニャグニャとした『何か』が拳に纏《まと》わりついて威力を落とす。

どういうわけか悠斗《ゆうと》の《破鬼》は、柔らかい透明の壁のようなものに阻まれてアークの体に届くことがなかったのである。

「――なるほど。大した打撃だ。だがそれだけに惜しい。貴様の体があと200年ほど長く生きられるようなものだったら、その牙はオレに届き得たかもしれないのだがな……」

アークは意味深な言葉を口にすると、パチンと指を鳴らす。

その直後。

見えない壁が悠斗の体をはじき返す。

「グッ……！」


洞窟の壁に体がぶつかった悠斗は鈍い声を漏らす。

スキルでも魔法でもない。

正体不明の力を目の当たりにした悠斗は狐《きつね》につままれたような気分に陥っていた。

「教えてやる。その壁の正体は超高濃度の魔力だ」

「魔力……だと……!?」

トライワイドに召喚されてから、悠斗は魔力の扱いをそれなりに心得てきたつもりであった。

だがしかし。

それだけに考えられない。

魔法でなく、魔力そのものが物理的に干渉するなど通常起こり得ないのである。

「――《転生》。結論から言うと、それがオレの持っている固有能力《ユニークスキル》だ」

転生@レア度　詳細不明《アンノウン》
（命を落とした時、別の生物に生まれ変わる力。転生後もこのスキルは引き継がれる）

世界広しとは言っても、《転生》に勝る固有能力《ユニークスキル》は存在しないだろう。

「魔力とは――魂の器。長い年月をかけて、少しずつ大きくしていくものだ。俺は1000年を超える時を欠かさず鍛錬に当てることで――魔族すらも遥《はる》かに凌駕《りょうが》する魔力を獲得した。お前がどれだけ強くても、攻撃が届かないのであれば無意味だろう」

圧倒的な魔力差は、時に物理的な壁となり戦闘に大きな影響を与えることになる。

これが悠斗《ゆうと》の攻撃がアークに通じなかった原因であった。

トライワイドに召喚されてから日の浅い悠斗の潜在魔力量は、未《いま》だに一般人の領域を抜け出せていない。

それは他ならない悠斗が最も理解していることであった。

「お前の力が通用するのは、せいぜい上級魔族まで。ここから先、邪神の力を身に宿した

《ブレイクモンスター》との戦闘になれば遅かれ早かれ犬死にすることになるだろうな」

邪神の力を有するブレイクモンスターは、上級魔族すら軽々と凌駕する魔力量を保有している。

生身の人間が近づこうとすると魔力の壁に阻まれて、意識を失うほどの重傷を負うこともあった。

「待てよ。ブレイクモンスター？　もしかしてその金色のオーガのことか？」

「――世界の破滅は近づいている。邪神の復活が近づくにつれて、このオーガのような凶悪なモンスターが次々に出現するようになるだろう」

この時、悠斗はアークが口にした言葉の意味を全て理解できたわけではない。

魔族たちが総力を挙げて復活を企んでいる邪神。

邪神の復活に伴い各地に出現しているブレイクモンスター。

これらの情報は、レジェンドブラッドを始めとする一部の人間しか知りうることができないトップシークレットであった。

だがしかし。

言葉の意味は分からなくても、次に自分がしなければならないことが何なのかについては自《おの》ずと理解することができた。

「分かった。なら、とっとと俺が強くなるための方法を教えろよ。何かあるんだろ?」

「……何故、そう思った?」

「——俺に武術を教えてくれたオヤジがよく使っていた手だ。誰かに物を教える時は、まずはそいつの鼻っ柱を折っちまうのが一番手っ取り早いんだ。お前のやり方はオヤジにそっくりだったぜ」

本気で誰かを強くしたいのであれば『嫌われ者』になる覚悟を持たなければならない。

近衛流體術《このえりゅうたいじゅつ》の師範である悠斗《ゆうと》の祖父が口にしていた言葉である。

武人の『強さ』というものは、潜ってきた地獄の数に比例する。

真に優れた師匠というものは、一切の躊躇《ためら》いなく我が子を崖から突き落とすことができるものなのである。

「……食えない男だ。神聖都市マクベールから北に100キロほど向かった場所に《エルフの里》と呼ばれる地域がある。そこにいる『ユナ』という女に会ってみろ。オレから言えることはそれだけだな」

「サンキュ。恩に着るぜ。英雄さん」

そうと決まれば話は早い。

悠斗はさっそくアークと別れて《エルフの里》に向かうことにした。

無言のまま悠斗の背中を見届けていたアークであったが、そこで自らの体に起こった異変に気付く。

「ゴフッ……」

突如としてアークの喉に血がせり上がる。

多量の血液を吐き出したアークは服の袖で口元を拭う。

（まさか……このダメージは先程の一撃で……？）

俄《にわ》かには信じ難い。

物理的なダメージはすべて魔力の壁によって相殺したはずであった。

それなのに何故？

どうしてダメージを受けることになったのかアークには理解ができなかった。

「——コノエ・ユート。見極めてやるよ。貴様の真価をな」

自身の固有能力《ユニークスキル》により1000年以上の月日を生き長らえてきたアークはこの世界に飽いていた。

地位も、名誉も、女も、彼にとっては遊び飽きた玩具《おもちゃ》のような存在である。

悠斗《ゆうと》という恰好《かっこう》の玩具を発見したアークは、不敵な笑みを零《こぼ》すのであった。


〜〜〜〜〜〜〜〜


それから。

無事にギリィとの戦いを終わらせた悠斗は屋敷に戻って夕食を取ることにした。

先輩冒険者のラッセンから腕の良い薬師《くすし》を紹介してもらった悠斗は、死神サソリから受けた毒の治療に成功している。

夕食を食べ終わった頃には、悠斗の体はすっかり本調子に戻っていた。

「すまん。2人とも。ちょっといいか？」

夕食の後は明日の遠征の準備の時間である。

悠斗はスピカ&シルフィアを部屋に呼び出すと、明日から始まる修行についての相談をすることにした。

「野暮用ができた。明日からは家を空けるから、暫《しばら》く留守番をしていてもらえないか？」

「ぬ。主君の口からそのような言葉が出るとは珍しいな」

「あの、差し支えなければ教えて下さい。ご主人さまは一体どこに行くというのですか？」

「修行の旅……かな」

「「……修行の旅⁉」」

悠斗の言葉を聞いたスピカ&シルフィアは戦慄した。

課題となっている魔法の修行であれば自宅の中にいても十分に行うことができる。

もともと最強に近い悠斗が、外に出て修行をする理由が見つからなかったのである。

「なんだよ。そんなに驚くことはないだろう？　俺も武芸者だから、誰かの下に弟子入りして己を磨きたいって思うことくらいあるよ」

「「……弟子入り⁉」」


予想外の言葉を受けたスピカ&シルフィアは眩暈《めまい》でクラクラしていた。

一体どれほどの強さがあれば、悠斗《ゆうと》に対して上から技術を教えることができる立場に就けるというのだろうか。

2人には全く想像ができなかった。

「し、しかし、それは大事ではないか⁉」

「そうですよ！　長旅になるようでしたら是非とも私たちをお供として連れていって頂きたいです」

「ああ。そこは大丈夫だよ。上手いこと技術をマスターできたら3日くらいで戻ってくるつもりでいるよ」

「「……3日⁉」」

弟子入りというワードを聞いた時は『何か悪いものでも食べたのではないか？』と心配したスピカ&シルフィアであったが、杞憂《きゆう》だったようである。

何時《いつ》も通りの強気な発言を受けた2人は奇妙な安心感を覚えるのであった。

5. エルフの里へ

レジェンドブラッドの最後の1人、アーク・シュヴァルツとの運命の出会いを果たした翌日のこと。
悠斗はさっそくエアバイクを用いて、エルフの里を目指すことにした。

「着いた……。ここか……」

自宅を出てから8時間後。
予備となる風の魔石を用意していたこともあり、悠斗は無事に目的地に到着する。

（んん？　エルフの里といいながら結構色々な種族が住んでいるんだな）

生殖能力が弱く、強大な魔力を有するが故に戦争に駆り出されることの多いエルフ族は、個体数が減少傾向にあった。
その背景からエルフの里では近年、積極的に移民を受け入れていたのである。

（おおっ!!　エルフ娘発見！　やっぱりレベルが高い！）

なんとか女性エルフを発見した悠斗《ゆうと》は思わずテンションを上げていく。

これまで物語の中でしか見る機会のなかったエルフ族の長耳は、悠斗にとって特別なものがあった。


「あの、ちょっといいでしょうか」


そうと決まれば善は急げ。

悠斗はさっそくエルフの娘から里の情報を聞き出すことにした。

「この辺りにユナさんっていうエルフがいると聞いてきたのですが」

「ああ。はい。貴方も『幻鋼流《げんこうりゅう》』の噂《うわさ》を聞きつけてきた旅のお方ですね。幻鋼流の道場でしたらあちらの階段を上った先にありますよ」

「ん？　幻鋼流？」

「違いましたか。この里を訪れる旅の方は、大体、幻鋼流の道場を目的とされていることが多いもので」

その時、悠斗の脳裏に過《よぎ》ったのは先日行われたエクスペインの武術トーナメントでの出来事である。

『へへーん。ウチの《幻鋼流》は柔剛自在！　魔族の攻撃にだって耐えられるんや！』

間違いない。

幻鋼流というと以前に戦ったレジェンドブラッドの1人、サリー・ブロッサムが習得していた武術である。

普段は忘れっぽい悠斗であるが、武術と女性に関する情報だけには優れた記憶力を発揮することができた。

「ありがとうございます！　たぶんその幻鋼流っていうので当たっていると思います！」

「は、はぁ……。それなら良かったです……」

一体どれだけ断片的な情報を頼りにエルフの里を訪れたというのだろうか。

悠斗に声をかけられたエルフの娘は不思議そうに首を傾《かし》げる。

「ここか……」

エルフの娘に教えられて向かった先にあったのは、達筆な文字で『幻鋼流《げんこうりゅう》』と書かれた看板が掲げられた道場であった。

建物は古い。

おそらく築200年は超えているだろう。

歴史の古さという意味では《近衛流體術《このえりゅうたいじゅつ》》を遥《はる》かに凌駕《りょうが》していることは、道場を見た瞬間に朧気《おぼろげ》ながらも理解することができた。

「なんだー！　貴様はぁっ……！」

ドードー・バルバイル
種族：ドワーフ
職業：武闘家
固有能力《ユニークスキル》：なし

道場に到着するなり悠斗《ゆうと》に声をかけてきたのは、ドワーフの中年男であった。

「あの……この道場にユナという方がいると聞いてきたのですが」

「いかにも。ユナ様はこの道場の師範だが？」

「会わせてくれませんか。どうやら俺は、ユナさんに会って幻鋼流を習わないといけないみたいなんです」

「………」

話を聞いたドードーは、悠斗の体を上から下まで眺め回す。

「ダメだな」

「なっ。どうして⁉」

「いいか。小僧。幻鋼流とは魔力で劣る人間が、強大な魔族に打ち勝つために作られた特別な武術。貴様のような若造に会得ができるものではない。分かったら、帰った帰った」

「………」

ドードーの言葉を聞いた悠斗は、益々《ますます》幻鋼流について興味を抱いた。

『魔力で劣る人間が、強大な魔族に打ち勝つために作られた特別な武術』

悠斗が求めていたのは、まさしくそういった類《たぐい》の技術だったのである。

「あの、参考までに聞いておきたいのですが、どうすれば魔力で劣る人間が魔族に打ち勝てるのでしょうか？」

「……チッ。仕方がない。特別に少しだけ教えてやるから、話を聞いたら帰るんだぞ」

ドードーは溜息《ためいき》を吐きながらも道着の袖を捲《まく》り始《はじ》める。

強面《こわもて》な外見で初対面の人間には恐れられることが多いが、ドードーはこれでいて面倒見の良い人物だったのである。

「良いか。魔力というのは、魔法として体外に放出する他に、体の一部に集中させて肉体を強化することもできるのだ。ここまでは良いな？」

「はい。それはなんとなく分かります」

「簡単に言ってしまうと、幻鋼流《げんこうりゅう》とは少ない魔力を効率的に運用するための技術なのだ。こんな風にな……！」

「―――ッ！」

不敵に笑った次の瞬間。

ドードーの戦闘能力が飛躍的に上がっていくのが分かった。

「魔力が……網目状に……!?」

「その通り。よく分かったな」

魔力は『網目状』に変化させることによって、その強度が飛躍的に上がる性質を持っていた。

その時、悠斗《ゆうと》の脳裏に過《よぎ》ったのは、以前の武術トーナメントでサリーと戦った時の出来事である。

どういうわけかサリーは悠斗が度肝を抜くほどの肉体強度を誇っていた。

今にして思うと、あの強度は幻鋼流の技術を利用していたのだろう。

「ふふふ。どうやら貴様は筋が良いと見える。通常であれば魔力の流れを見極めるだけでも1年の修行が必要とされているのだぞ？　よし。気が変わった。お前ならば特別にオレからユナさんに話をつけてやらんでもない」

「あ。もう幻鋼流については極めましたから説明はいいです。これまで修行に付き合って下さって、ありがとうございました」

「……はい？」

ドードーは悠斗の言葉の意味を理解することができずにポカンと口を半開きにしていた。

「貴様、今なんと？」

「幻鋼流はもう極めました。俺の目的は達成されたので家に帰ることにします」

「…………」

そそくさと荷物をまとめて悠斗は帰りの支度を開始する。

その姿を目の当たりにしたドードーは、顔を赤くして怒り始める。

「貴様ァッ――――！　幻鋼流《げんこうりゅう》を愚弄する気かァッ――――！」

「いや。俺は別にウソを吐いているつもりはないんですけど……」

「ふざけるのも大概にしろ！　いいか！　幻鋼流とは才能のある者でも基本的な技術を身に付けるのに10年はかかるとされている武術なのだぞ？　あまり大人をからかうんじゃない――――！」

「あ〜。だったら一度試してみます？」

「なに……？」

「もしよければ全力のパンチを俺の体に打ち込んでくれませんか？　幻鋼流を極めた今の俺ならいい感じに攻撃を防げると思うんですよね」

「…………」

通常の状態であればドードーは、悠斗《ゆうと》の挑発を『子供の戯言《たわごと》』と判断して無視していただろう。

だがしかし。

ドードーは怒っていた。

武術とは礼に始まり礼に終わる。

どうやら目の前の少年に見込みがあると感じたのは、とんだ見当違いだったらしい。

なんとしてもこの自信に満《み》ち溢《あふ》れた少年の鼻を明かしてやらなければ気が済まなかっ

た。

「良いのだな……？　悪いがワシは手加減しないぞ」

「当然です。そうでなければ訓練になりませんから」

覚悟を決めたドードーは自らの右の拳に魔力を集中させて、圧縮。

網目状に形を作って肉体の強度を向上させる。

「面白い。ならばこの攻撃……受けきれるかぁぁぁ！」


この時点でドードーは自らの勝利を確信していた。

何故ならば――。

右拳にのみ魔力を集中させれば良いドードーと違って、何処《どこ》を殴られるか分からない悠斗は全身に魔力を行き渡らせる必要がある。

幻鋼流を極めているか否かは関係ない。

魔力の密度の問題により、最初から悠斗に勝ち筋など存在しなかったのである。

「うがあああああああああああぁぁぁ！　手があああああぁぁぁ！　手があああああぁぁぁ！」

だがしかし。

驚くことに先に悲鳴を上げたのはドードーの方であった。

悠斗《ゆうと》の体を殴ったドードーの拳は見るも無残に赤く腫れあがっていた。

「貴様……その魔力の編み込み方は……⁉」

「ああ。はい。なんとなく普通に編むよりは、二重にした方が強そうだったので試してみました」

「バカなっ！　バカな……バカな……バカな……！」

ドードーは戦慄していた。

悠斗の用いた二重に魔力を編み込む技術は、《ダブルグリップ》と呼ばれており、幻鋼《げんこう》流《りゅう》の継承者の中でも超一流の存在しか体得できないものであった。

つまり悠斗は、宣言通りにドードーの説明を聞いただけで幻鋼流を極めてしまったのである。

「な、何故だ⁉　どうしてこの一瞬で幻鋼流の技術を⁉」

「一瞬ではないですよ。正確に言うと『これ』ができるようになるまでに10年以上はかかっていますし」

悠斗はこの超短期間で武術をマスターする技術を『引き算ラーニング』と名付けていた。

武術・スポーツというのは、それぞれ独立しているようでいて、実のところは多くの共通項目が存在している。

例を挙げると、サッカーで鍛えたキック力は空手に応用でき、空手で培ったパンチ力はボクシングに応用でき、ボクシングで磨かれたフットワークはレスリングに応用でき、レスリングで習得したタックルは相撲に応用できる……といった具合である。

古今東西60種類以上の武術を極めてきた悠斗であれば、この共通項目も膨大な数に上ることになる。

悠斗はこの共通技術を『引き算』することで、あらゆる武術を一瞬にして極めることを可能としていたのである。

「そこまでだ。ドードー。後のことは私に任せて欲しい」

ユナ・クリスティ
種族：エルフ
職業：武闘家

固有能力《ユニークスキル》：自然愛
自然愛＠レア度　☆☆☆☆☆
（植物の声を聞く力）

女性の声に釣られて振り返ると、そこにいたのは身長165センチくらいのエルフの女性であった。

胸はでかい。

悠斗《ゆうと》の読みが正しければシルフィアと比較をしても何ら遜色のないサイズを誇っている。

だがしかし。

グラビアアイドルのような見た目に騙《だま》されてはならない。

彼女が持っている筋肉の質は完全に武闘家のものである。

ユナ・クリスティ。

彼女がアークの言っていた人物であることは直《す》ぐに分かった。

「私の名前はユナ。ユナ・クリスティ。キミの名は？」

「近衛《このえ》悠斗です」

「ユートくん。キミが武闘家として尋常でない才能の持ち主であることは一目で分かったよ。どうやら幻鋼流《げんこうりゅう》の技術も説明を聞いただけで直《す》ぐに習得してしまったみたいだね」

「え、ええ。そんな感じです」

思わず気のない返事をしてしまう。

それというのも悠斗《ゆうと》は、エルフ族特有のユナのスレンダーな体に視線が釘付《くぎづ》けになっていたからである。

もともとエルフには美しい女性が多かったが、その中でもユナは別格であった。

外見年齢は20代前半と言ったところだろうか。

悠斗の屋敷に住んでいる女性メンバーは10代が多かっただけに、ユナが持っている大人の色気は新鮮なものがあった。

「ユートくん。単刀直入に言おう。どうだろう？　私の弟子になってみる気はないか？」

「分かりました」

「ふふふ。分かっている。これでも私はキミのような男は何度か見てきたんだ。こちらも相応の実力を見せろというのだろう？」

予想外の返事を受けたユナは、パチクリと瞬《まばた》きをして状況を再確認する。

「すまない。もう一度言ってくれないだろうか？」

「是非ともお願いします！　俺、頑張りますから！　貴方の下《もと》でじっくりと武術を学ばせていただきたい！」

ユナのような綺麗《きれい》な女性に武術を教わるのであれば、こんなに幸せなことはない。

最初の目的とは少し路線がズレてしまったものの――。

こうして悠斗はエルフの師匠の下に弟子入りを決めるのであった。

6. 極めろ！　幻鋼流！

その翌日のこと。
ユナに勧められて里の宿屋に部屋を借りた悠斗《ゆうと》は、さっそく道場に足を運ぶことにした。

「ダメだ……強《つ》えぇ……」
「こ、こいつ化け物かよ⁉」

ユナからのアドバイスを乾いたスポンジのように吸収していった悠斗は、益々《ますます》幻鋼流《げんこうりゅう》に対する理解を深めていくことになる。

「……流石《さすが》に疲れました。幻鋼流の門下生の方はタフな人ばかりですね」

結局、その日の悠斗は一日にして幻鋼流の門下生を20人抜きすることになった。
強者《つわもの》ほど道場を抜けて独立することが多いので、道場で1番になったからと言って最強の証明にはならないが、入門1日目にして門下生20人抜きというのは過去に例のないことであった。

（恐ろしい。私が1週間かかると踏んでいた技術をたったの数時間で……）

ユナは戦慄していた。

幻鋼流始まって以来の天才と謳《うた》われたサリーですらも、現在の悠斗のレベルに到達するのに2年を超える月日を要した。

「他の人たちは動けないみたいですよ。次の稽古は、もちろん師匠がつけてくれるんですよね？」

不敵な笑みを零《こぼ》しながらも悠斗は告げる。

ユナの下に弟子入りを決めたのは、彼女が単に女性として魅力的だったからという理由だけではない。

悠斗は1人の武闘家として、ユナという女性に興味を抱いていたのだった。

「生意気なことを言うんじゃない。キミの稽古相手については既に適任を見繕っておいたよ」

道場の床で寝ころんでいる門下生たちの力では、幾ら束になったところでこれ以上、悠《ゆう》斗《と》という玉を磨くことはできないだろう。

ユナの合図と同時に道場に入ってきたのは、悠斗にとって意外な人物であった。

「お久しぶりです。ユートさん」

「おひさー！　ユートちん」

レジェンドブラッドのソフィア&サリーは、悠斗にとっても知らない仲ではなかった。

それぞれ対照的な性格の2人であるが、幼少の頃はユナの下で幻鋼流《げんこうりゅう》の修行を積んだ経歴を持っていたのである。

「これからユートくんにはソフィとサリー、2人がかりで実戦形式の稽古を積んでもらう」

「えーっと……。できれば俺、女性を殴るようなことはしたくないんですけど」

「それに関しては問題ありません。私の聖属性魔法《マナ・シールド》の効果を以《もっ》てすれば肉体的なダメージをカットすることができます」

ソフィアはそう前置きすると、呪文を唱えて自身の体に淡い光を出現させる。

聖属性魔法《マナ・シールド》は一定のダメージを受けると消滅するが、それまでの間は攻撃から身を守る効果があった。

「なるほど。お互いに《マナ・シールド》をかければ安全に実戦形式の訓練ができるというわけですね」

「その通り。勝負のルールは簡単だ。自身のシールドが切れる前にソフィとサリーのシールドを消滅させることができればユートくんの勝ち。この課題をクリアーすることができたら次のステップに進むからな」

それぞれ武術の才能に秀《ひい》でた美少女たちとの2対1の実戦訓練。

これは想像以上にハードな訓練になりそうであった。

「よーし。そんじゃユートちん。こっちは遠慮なくいかせてもらうで～！」

サリーは宣言するや否や、ユートに向かって恐ろしくキレのある飛び蹴りを浴びせにかかる。

「ぬおっ⁉」

危なかった。

幻鋼流《げんこうりゅう》の技術によって極限まで身体能力を向上させたサリーの蹴りは、攻撃が来ると分かっていても尚《なお》、回避が難しいものであった。

「グッ……」

悠斗《ゆうと》の背中に鈍い痛みが走る。

振り返ると、悠然と拳を構えるソフィアの姿がそこにあった。

「ああ。伝え忘れていましたね。《マナ・シールド》の効果では、肉体的なダメージはカットできても痛覚までは消えることはありませんから」

恐ろしく速い正拳突き。

本職が《賢者》ということで、戦闘の際はサポートに回ることが多いソフィアであるが、武術に関する才能も非凡なものがあった。

「旋風キ～～～～～ック！」

そうこうしているうちにサリーの蹴りが飛んでくる。

「それなら！」

全ての格闘技の長所を相乗させることをコンセプトとした《近衛流體術《このえりゅうたいじゅつ》》を習得した悠斗は、《柔道》についても非凡な腕前を誇っていた。

その中でも悠斗が最も得意としていたのは、足腰にはまったく触れずに、体の捌《さば》きだけで、相手を投げ飛ばす《空気投げ》と呼ばれる技である。

「わわっと」

間一髪のところでサリーの体を地面に転がした悠斗は、窮地から逃れることに成功する。

「ピピー！　タイムタイム！　一度、訓練を止めて」

これまでの戦闘を見ていたユナは3人の間に割って入る。

「ユートくん。今の攻撃は何だ」

「はい。今のは《空気投げ》といって、俺の故郷の伝統武術《柔道》の技です」

「違う。そういうことを聞いているんじゃない！　キミは一体うちの道場に何を習いに来たんだ？」

「それは……」

ユナの指摘を受けた悠斗《ゆうと》は言葉を詰まらせる。

「幻鋼流《げんこうりゅう》には基本的な打撃技しか存在していない。郷に入《い》っては郷に従え。この道場にいる間は、他武術の使用を禁止する」

理屈は分かるが、釈然としない。

悠斗の強さは古今東西のあらゆる武術の長所を相乗させることによって生まれる、臨機応変な対応力にあった。

他武術の技術の引用を禁止されることは、悠斗にとって両手両脚を縛られたのも同然であった。

「ということでユートくんにはペナルティとして、こいつを両腕に付けてもらおうと思う」

そこでユナが取り出したのは、特殊な金属で作られたリストバンドである。

「なんだこれ⁉　重っ⁉」

「当然だ。このリストバンドは特別製で1つ10キロはあるからな。これからキミは訓練中ずっとこの装備を付けてもらおうと思う」

「…………」

全く動けないというわけではないが、体の自由が利きづらい。

言われた通りにリストバンドを装備した悠斗は、すっかりと本来の調子を失ってしまった。

「ちょっとちょっと！　いくらなんでもそれは、ユートちんに不利過ぎるやん！」

「サリーに同意です。ただでさえ2対1だというのにあんまりだと思います」

ユナの課したルールに不満を覚えたのはサリー&ソフィアも同じであった。

可能であれば悠斗とは対等な状況で戦いたい。

もともと2対1の実戦訓練という状況も、2人にとっては納得のいかないものだったのである。

「いや。これでいいんだ。お願いだ。2人とも。これからは遠慮なくユートくんのことをボコボコにして欲しい」

そう語るユナの表情は恍惚《こうこつ》としており、ある種の色気すら感じさせるものであった。

「「………………」」

久しぶりに『ドSモード』のユナの表情を目の当たりにしたソフィア&サリーは、それぞれ嫌な記憶を思い出して身震いしていた。

長きにわたり道場の外にいたから失念していた。

相手が伝説の勇者の血を引く子孫だろうと関係ない。

誰に対しても公平に徹底的なスパルタ教育を施すユナは、周囲から『ドS教官』と呼ばれて、恐れられてきた。

長きにわたり幻鋼流《げんこうりゅう》がトライワイド最強の武術として評価されてきたのは、ユナの性

癖に由来するものなのでは？　と噂《うわさ》されることすらもあったのである。

～～～

「キツイ……。疲れた……」

レジェンドブラッド２人を相手にしての厳しい訓練は日が沈んでからも続いた。
全身が痛い。
疲労で体が重くなり、まともに歩くことすらできはしない。
異世界に召喚されて以来、これほどまでにハードな修行を行ったのは初めてのことであった。

（この訓練……オヤジにしごかれていた頃を思い出すな……）

武人の『強さ』というものは潜ってきた地獄の数に比例する、というのが、悠斗《ゆうと》に武術を教えてきた祖父の口癖であった。

エルフの里を訪れたのは正解だった。

ユナの課してくるハードなトレーニングは、何処《どこ》となく近衛流體術《このえりゅうたいじゅつ》を学んでいた時と共通する部分が多かった。

「よーし。風呂だ！　風呂！」

こういう時は風呂に入るのが体の疲れを一番癒やすことができる。

厳しい修行の後に浴びる湯は格別のものがあった。

ガラガラガラガラ。

悠斗が道場の浴室の扉を開けた直後であった。

「よく来たな。ユートくん」

あまりに衝撃的過ぎる光景を目の当たりにした悠斗は、思わず瞼《まぶた》をパチパチと開け閉めしてしまう。

どういうわけか全裸のまま仁王立ちしたユナの姿がそこにあった。

改めて見ると、やはり大きい。

胸のサイズだけならシルフィアの方が勝っているだろうが、エルフ族特有のスレンダーな体はユナの胸の膨らみを一層強調するものがあった。

バスタオルすら身に着けずに体の全てを曝《さら》け出《だ》すユナからは、ある種の男らしさすら感じられた。

「あの……師匠。1つ聞いて良いでしょうか」

「ん。なんだ」

「ここ男湯ですよね？　どうして師匠がいるんですか」

「細かいことは気にするな。私はこれからキミに夜の稽古をつけなければならないのだ」

「夜の……稽古だと……!?」

ユナの口から飛び出した卑猥《ひわい》な言葉によって、悠斗《ゆうと》は頭の中でどんどん妄想を膨らませていく。

「勘違いするな。別にいやらしい意味で言っているわけではない」

「ハハッ。まぁ、そうですよね」

「まずはそこのマットの上にうつ伏せになってもらえるかな？　この修行は幻鋼流《げんこうりゅう》を極める上では避けては通れない道なのだ」

「…………」

修行と聞いたからには、いやらしい妄想に耽《ふけ》るわけにはいかない。

悠斗《ゆうと》は頭の中を戦闘モードに切り替えると、言われた通りにマットの上にうつ伏せになることにした。

「光栄に思うが良い。本来、この修行は同性同士で行うことを推奨している。実を言うと、私も男相手に行うのは初めてなので少し緊張をしている」

「？・？・？」

一体これから何を始めようと言うのだろうか？

古今東西の様々な武術を習得してきた悠斗であったが、風呂場で修行を行うのは初めてのことであった。

疑問に思って振り返ると、ユナの傍《そば》には、古びたツボが置かれていた。

エルフの秘薬@レア度　☆☆☆

（体に染み込ませることにより魔力の流れを活発にする薬）

ツボの上に浮き上がった説明文を目にした悠斗は、朧気《おぼろげ》ながらも今回の修行の趣旨を理解することになる。

「それでは始めるぞ。最初のうちは冷たいかもしれんが我慢するように」

「ひぐっ⁉」

悠斗の体にヌメヌメとした液体が付着する。

そのあまりの冷たさに悠斗は思わず悲鳴を上げてしまう。

「あ、あの、これって本当に修行なんですかね？」

「無論だ。この液体を塗りたくらないことには、次のステップに進むことはできないぞ」

「…………」

悠斗は混乱していた。

武術の達人であると同時に健全な高校生である悠斗の興味は大きく分けて２つしかない。

それ即《すなわ》ち、武術とエロ、である。

現在、悠斗の置かれている状況は、そのどちらとも取れないものであり、頭の切り替えが上手くできないでいた。

「よし。次は薬の効果を最大限に発揮させるため、液体の温度を上げていくぞ」

「お、温度を上げる……？」

「ああ。エルフの秘薬は、液体の温度を高めることで体に対する浸透率が高まる効果があるのだ。少し重いかもしれんが、我慢してくれよ」

ユナはそう前置きすると、裸のまま悠斗《ゆうと》の体に覆《おお》いかぶさった。

薬のヌメヌメとした感触&女体の柔らかい感触は、悠斗の中の冷静な思考能力を根こそぎ奪っていく。


(──な、なんだこれ。なんだこれ。なんだこれ)


この瞬間、悠斗の頭の中は武術モードからエロモードに振りきれることになる。

武術モードの集中力を失った悠斗は、すっかり体の一部分を固くしていた。

「なんだキミ。先程までの研ぎ澄まされた集中力はどうした?」

「……め、面目ない」

普段の小生意気な態度がウソのよう。

初心《うぶ》なリアクションを見せる悠斗の姿は、ユナの嗜虐心《しぎゃくしん》を煽《あお》るものであった。

「ククク。どうやらキミは武術の方には精通していても、女性に対する経験値の方はまだまだと見える」

ユナの言葉は一部事実であった。

悠斗の中の経験値は、女性に対して攻める方面に偏っており、攻められる経験は皆無に等しかったのである。

「——覚悟しておくんだな。今夜はキミの未熟な部分を徹底的に鍛え上げることにしよう」

ペロリと唇を舐《な》めてユナは悪戯《いたずら》な笑みを零《こぼ》す。

ドSのユナにとって悠斗のような気の強い少年は、まさに好みの異性のタイプとしてドストライクであった。

今回の修行はユナにとって、悠斗を鍛えるのと同時に、自らの性的欲求を発散させる一石二鳥のものだったのである。

（間違いない……。この人はドSだ……！）

結論から言うと、悠斗《ゆうと》の悪い予感は的中していた。

勢い付いたユナは、本来刺激する必要のない部分にまで手を伸ばし始める。

「師匠……？　そこは……!?」

普段、触手で攻められている屋敷の女性メンバーはこんな気分を味わっているのだろうか？

その時、悠斗はスピカやシルフィアの気持ちが少しだけ分かったような気がした。

「まったく……情けない。どんどん腰が浮いてきているぞ」

ユナが挑発的な言葉を口にすると、徐々に局部への刺激を強めていく。

今更説明するまでもなく悠斗はエロいことが好きである。

けれども、一番好きなのは美少女に悪戯《いたずら》することであって、悪戯されることではなかった。

ドSの悠斗にとってドSのユナからの奉仕は、喜んで受け入れて良いのか複雑なものがあった。

「ほら。どうした。ここか？　ここがキミの弱いところなのだろう？」

ヌルヌルとしたエルフの秘薬の感触が体の敏感なところを刺激する。

浴室の中に悠斗の悲鳴が響くのであった。

〜〜〜〜〜〜〜〜〜〜〜〜

一方、その頃。

ここは世界に3つしかない《冥府の扉》を開けた先にある『魔界』と呼ばれるエリアである。

魔界に聳《そび》え立《た》つ古びた城の中に1人の魔族の姿があった。

「ふぉふぉふぉ。流石《さすが》は『精霊王』と呼ばれるだけのことはある。これまでとは効率が段違いだわい」

玉座でほくそ笑んでいる男の名前は《悪魔宰相》――ハーディス。

七つの大罪を指揮する立場にあるハーディスは、魔界の最高権力者として魔族たちの頂点に君臨していた。

「ハーディス様。ご報告があります」

ハーディスの前に1人の魔族が片膝をついて声を上げる。

「なんじゃ。言うてみい」

「現在、《死戒の宝玉》に溜《た》まった《負の感情エネルギー》は目標値の78パーセントを達成しました。既に各地には邪神様の力を引いたブレイクモンスターたちが出現中。人間たちが混乱に陥るのも時間の問題と思われます」

「ククク。そうかそうか。計画は順調に進んでいるようじゃのう」

残りの22パーセントという数字もブレイクモンスターが出現したからには、すぐに達成することになるだろう。

今にして考えると、『七つの大罪』が崩壊したことも、ハーディスにとっては好都合だったのかもしれない。

これまで権力の集中を防ぐために7つに分けていた魔王の地位であるが、もともと魔王とは世界にたった1人の強者《つわもの》を指す言葉だったのである。

「……もうすぐ。もうすぐワシの悲願は叶《かな》う。このワシ！　悪魔宰相ハーディスこそが、邪神の力を利用して世界の全てを手に入れるのじゃ！」

邪神の力を以《もっ》てすれば勇者も、魔族も、精霊も、全てがハーディスの下に屈服するより他はない。

自らの勝利を半ば確信したハーディスは、邪悪な笑みを零《こぼ》すのであった。

〜〜〜〜〜〜〜〜〜〜〜

同刻。

哄笑《こうしょう》するハーディスの様子を見ていた2人の魔族がいた。

「大変！　まさかハーディスが精霊たちと手を組んでいたなんて！」

1人は暴食の魔王、ベルゼバブである。

ベルゼバブが身に着けているのは、現代日本の女子高生が着るような学生服である。

この衣服は異世界から召喚された少女が着ていたものに感銘を受けて、自らの固有能力《ユニークスキル》で作り出したものであり、今では彼女の普段着になっていた。

「流石《さすが》は悪魔宰相ハーディスと言ったところか。あの偏屈な《精霊王》を味方に付けるとは……。魔界一と謳《うた》われた外交手腕は健在だな」

もう1人は色欲の魔王、アスモデウスである。

身長2メートルを超えようかという巨漢の老人は、ベルゼバブとは違った意味で人目を惹《ひ》く外見をしていた。

ベルゼバブとアスモデウス。

2人の魔族はルシファーからの依頼により、失踪したマモンの部下の行方を追っていた。

だがしかし。

マモンの死亡を契機に四獣の塔から宝を持ち出した魔族を成敗したまでは良かったのだが、2人が王都に戻ってきた頃には、七つの大罪は実質的に崩壊をしていた。

ルシファーという絶対的なリーダーを失った2人は、途方に暮れながらも魔界の動向を探っていたのである。

「……しかし、お前の固有能力は本当に便利だな。あのハーディスが全くこちらに気付いている様子がないぞ」


ベルゼバブの《悪食》は、主人の『ワガママ』を何でも叶《かな》えてくれる魔神を召喚する、世にも珍しい効果を持った固有能力である。

叶えられる『ワガママ』については制限がない。

魔神ラヴの口内は異空間と繋《つな》がっており、その中から主人が望むものを何でも取り出すことが可能である。

今現在。

2人は魔神ラヴの腹の中から取り出した魔法の鏡によって、ハーディスの動向を探ることに成功していた。

「そんなこと言っている場合⁉　ハーディスが魔王になっちゃうんだよ！」

「このままで良いのではないか？」

「えっ……」

「どちらにせよ《七つの大罪》が崩壊した今となっては、やつ以外に魔界を統治できるものはいないからな。このままハーディスが魔王となるのも仕方のないことだろう」

「アスモはそれでいいの？　ハーディスはルシファーさんを殺したんだよ⁉」

「…………」

アスモデウスとて現在の状況に対して納得しているわけではない。

かつての戦友、ルシファーを殺したハーディスに対しては、腸《はらわた》が煮えくり返る感情を抱いているところであった。

「しかしな、ベルゼバブ。オレは歳を取り過ぎたし、お前は魔王と呼ぶには若過ぎる。他に候補者がいない以上、仕方がないだろう」

七つの大罪が人間に打ち負かされたという情報は魔界中に駆け巡っている。

年齢という理由を抜きにしてもアスモデウス、ベルゼバブが魔王の座に就けるような状況ではなかった。

「……ユートさまがいる」

伊達《だて》や酔狂で言っているようには思えない。

突拍子もない提案をしているようでいてベルゼバブの眼差しは真剣そのものであった。

「バ、バカなことを言うな！　人間が魔王になるなど聞いたことがない！」

「できるよ！　ユートさまならできる！　アスモ。前に言っていたよね？　魔王っていうのは本来、世界で一番強いやつがやるべきだって！　ユートさまなら実力的にも問題ないでしょう⁉」

「うぐっ。そ、それはたしかに……」

エクスペインの武術トーナメントで、憤怒の魔王サタンを圧倒したと言われる悠斗《ゆうと》の実力は、アスモデウスの耳にも届いていた。

私欲を肥やすことにばかり執着するハーディスが魔王の座に就くことになれば、世界はたちまち戦火に包まれることになるだろう。

アスモデウスは思う。

もしかすると近衛《このえ》悠斗という少年が現れたのは、この世界をあまねく支配する――魔王の座に君臨するためだったのかもしれない。

「分かった。オレの方からも、コノエ・ユウトという少年を魔王として推薦ができないか聞いてみようと思う」

「……本当⁉」

「ああ。あの兄妹には、我々の計画を狂わせた責任を取ってもらわねばな」

七つの大罪の最古参であるアスモデウスであれば魔界の権力者たちにも顔が利く。

復活を間近に控える邪神。
悪魔宰相ハーディスの台頭。
暗躍するベルゼバブ&アスモデウス。
悠斗《ゆうと》の与《あずか》り知らぬところで今——運命の歯車が狂い始めようとしていた。

7. 最終試練

それから。

悠斗《ゆうと》が幻鋼流《げんこうりゅう》の道場を訪れてから1週間の時が流れた。

朝昼はソフィア&サリーと実戦訓練を行い、夜はユナに薬を塗られる、というハード&ハーレムなメニューをこなしてきた悠斗はメキメキと力を付けていくことになる。

「ユナ先生。そろそろ私たちの力ではユートさんを相手にするのは厳しくなってきました」

「……あうう。ウチのプライドはもうズタズタや。ユートちんの前では世界最強の武闘家という看板も下ろさなアカンな」

初日はボコボコにされるだけであった実戦訓練であったが、7日目の今日ともなると悠斗が勝ち越すことが多くなっていた。

悠斗が道場から旅立つ日は、刻一刻と近づいていた。

「よし。いいだろう。それではこれよりユートくんには最終試練に入ってもらう」

7日目の午後。

悠斗の武術が完全にソフィア&サリーを上回ったと確信した瞬間、ユナはそんな提案を口にした。

「最終試練……ですか」

「ユートくんには、これより北の山に行って温泉に入ってもらう」

「?.?.?」

ユナの言葉を受けた悠斗は混乱していた。

最終試練ではどれだけ厳しい課題が与えられるのだろう?　と身構えていた悠斗は、完全に予想を裏切られる結果となったのである。

「あの……師匠。その修行にはどんな意味があるのでしょうか?」

「ふふふ。そう言えばユートくんには説明していなかったな。キミが毎日使用している《エルフの秘薬》は、北の山の温泉の成分を基にして作られているのだ」

「……なるほど!」

そこまで言われたところでピンときた。

悠斗《ゆうと》がこの短期間で幻鋼流《げんこうりゅう》をマスターすることができたのは、少なからず《エルフの秘薬》の恩恵が含まれていたからである。

どうやら《エルフの秘薬》には、使用者の魔力を柔軟にする効果があるらしい。

これにより悠斗は幻鋼流の《柔剛自在》の技術を高スピードで取得することができたのである。

「ソフィ。サリー。悪いが、温泉までの道案内はキミたちに任せても良いだろうか」

「よっしゃ！　乗りかかった船や！　こうなったら最後までとことん付き合うで」

「承知しました。私としてもユートさんがどれだけ強くなるのか興味があります」

２人の承諾を得た悠斗が、そのまま温泉に向かおうとした直後であった。

「ちょっと待ったあああぁぁ！」

どこか馴染《なじ》みのある男の声が聞こえてきた。

声のした方に目をやると、金色に輝く髪と燃えるように赤い眼を持った１人の少年がそこにいた。

少年の名は、ミカエル・アーカルド。

レジェンドブラッドの《魔術師》にして、悠斗とは犬猿の仲の男であった。

「ソフィ！　コラッ！　急に何処《どこ》かに消えたと思ったら……こんなところにいやがったんだな！」

ミカエルは怒っていた。

もともとソフィアに対して密《ひそ》かに恋心を抱いているミカエルは、彼女の言動に対して神経を尖《とが》らせていたのである。

自分に黙って悠斗のところに行くようなことは、ミカエルにとって最も許せないことであった。

「私がオフに何処にいようと私の勝手ですよね？」

「ソフィ。よく考えろ！　このコノエ・ユートという男は、オレが人類の敵！　暴食の魔王、ベルゼバブと戦った時は魔族側に付いていた男だぞ！　どうしてコノエの修行に付き合う必要がある！」

「ミカエルー。その時のことはもうええやん？　1回忘れよう。な？　男らしくないで」

「ダァァァッ！　サリーは黙っていろ！　これはオレとソフィの問題なんだよ！　さぁ。ソフィ。早くオレと一緒にマクベールに帰るぞ」

「………」

一方的な言葉をぶつけるミカエルに対してソフィアは白い眼差しを送っていた。

「嫌ですよ。私はこれからユートさんと一緒に温泉に入るのですから」

「お、温泉……だと……!?」

「ああ。いや。もちろん別に変な意味はないで？　幻鋼流《げんこうりゆう》には、鍛錬の後に温泉に入るという変わった修行法があるんや」

「～～～～ッ！」

幼馴染《おさななじみ》の女の子を悠斗《ゆうと》の毒牙から守らなければならない。

そう考えたミカエルは悠斗の肩をガシリと力一杯に摑《つか》んだ。

「なぁ。コノエ。後ろめたいことがないなら一緒に付いていってもいいよな？　まぁ、ダメと言ったところで絶対に付いていくんだがな！」

「ごめんなさい。ユートさん。ウチのポンコツラーメンが迷惑をかけて」

「まぁまぁ。ええやんか。みんなで登山って、なんか遠足みたいで楽しいし」

悠斗としては断固として拒否したいところであったが、女性メンバーが反対しない以上は強く断ることはできない。

（クソッ！　ミカエルのやつ！　余計なことをしやがって！）

せっかくの楽しい美少女たちとの温泉なのに水を差されたような気分である。

ミカエルからの妨害を受けた悠斗は、心の中で不満を漏らすのであった。


〜〜〜〜〜〜〜〜〜〜〜〜〜〜


ユナからの最終試練を課された悠斗は、予定通りに北の山を目指していた。

「ところで2人は温泉に行ったことってあるのかな？」

「もちろんです。北の山の温泉は、幻鋼流を極めるためには欠かせないものですから」

「せやな。たしかウチは8歳の時、ソフィちゃんは11歳の時に先生から同じ試練を与えられていたはずや」

もしかしたら温泉に入るまでの道のりが、とんでもなく難易度が高いのでは？　と危惧していたのだが、2人の口ぶりから察するにそういうわけでもないらしい。

最終試練の難易度に対して身構えていた悠斗としては拍子抜けした気分であった。

「ただな。この山には1種類だけ注意せなアカン、モンスターがおるねん」

「……そうですね。あのモンスターにだけは注意をしなければなりません」

2人が気まずそうに顔を見合わせた直後であった。

突如として複数の黒影が悠斗《ゆうと》の背後から走り抜けていく。

シーフエイプ　脅威ＬＶ18

「「「ウキー！　キキキキッ！」」」

悠斗たちの前に現れたのは、体長50センチ程度の小型の猿モンスターであった。

「総員！　持ち物を確認して下さい！　もしかしたら今の攻撃で既に何か盗まれているかもしれません！」

「ぬあああああっ！　しまった！　オレ様の杖《つえ》が！　杖がないぞっ⁉」

シーフエイプの１匹に杖を盗まれていることに気付いたミカエルは、ガックリと地面に膝をつく。

「まったく。流石《さすが》はミカエル。レジェンドブラッド最弱。シーフエイプごときにしてやられるとは……だらしがないですね」

持っているバッグが無事だったことを確認したソフィアはムフンと鼻を鳴らす。

「あのな。ソフィちゃん。凄く言いにくいんやけど……」

「なんでしょう。サリー。ハッキリ言って下さい」

「下、見た方がええで？」

「……はい？」

サリーの指摘を受けて、視線を下げたソフィアは絶句した。

何故ならば――。

シーフエイプにスカートを盗まれたソフィアは、パンツを丸出しにしながらドヤ顔をするという醜態を晒《さら》していたことに気付いたからである。

「うわぁぁぁぁ！　なんで⁉　どうして⁉」

ソフィアは動揺していた。

いくらシーフエイプが素早いと言っても所詮はモンスターレベルでの話である。

本来であればレジェンドブラッドであるソフィアの敵ではないはずであった。

どうやら以前に訪れた時と比べて、シーフエイプはそのスピードに磨きをかけているようであった。

「テメェ！　コノエ・ユート！　ソフィのパンツを見ているんじゃねー！」

「お前が見るなです！　ポンコツラーメンッ！」

「ふごっ⁉」

ソフィアの全力パンチを受けたミカエルは、地面に転がってピクピクと体を痙攣《けいれん》させていた。

（……なるほど。ステータスをスピードに特化させたモンスターか）

先程のやり取りで悠斗《ゆうと》は、シーフエイプの性質を瞬時に理解していた。

更に厄介なのはシーフエイプが極めて高い知能を持つという点である。

ミカエルの杖《つえ》、ソフィアのスカートを狙ったのは決して偶然ではない。

シーフエイプには、相手の何を盗めば効率的に動きを封じられるかを考えることのできる頭脳があった。

「この猿ゥ！　ウチのブラジャー返せや！　あれがないと胸が邪魔で戦いにならんねん」

「な、なんだって――⁉」

サリーの悲鳴を聞いた悠斗《ゆうと》は思わず集中力を乱してしまう。

頭の中を戦闘モードに切り替えようにもソフィアのパンツ、サリーのブラジャーのことが気になってしまう。

（クソッ。やるなシーフエイプ！　俺たちの弱点はお見通しっていうわけかよ！）

ソフィアとサリーが警戒するのも頷《うなず》ける。

シーフエイプはこれまで悠斗が出会ってきたどのモンスターよりも、ある意味では厄介な性質を持っていた。

（逆に考えろ！　ここで女の子の下着を見るよりも、シーフエイプを倒して好感度をアップさせた方が後々になって美味《おい》しい思いができる可能性が高い！）

悠斗は得意の妄想を駆使して頭の中を強引に戦闘モードに切り替える。

「さぁ。俺の何を盗むんだよ？　エテ公」

「「ウキー！　キキキキッ！」」

1人だけ集中力を乱さない悠斗のことを警戒したのだろう。
シーフエイプは三位一体のチームプレイを以《もっ》てして悠斗に向かって突撃する。

「――魔法のバッグか。だと思ったよ」

悠斗が持ち歩いている魔法のバッグには、食料、武器、貴重品の他に、全財産の半分にあたる現金が入れられていた。
警備に課題が残る屋敷の中に全財産を置いておくよりは、一部をバッグの中に入れた方が安全だと考えていたのである。

「「「グギャッ⁉」」」

魔法のバッグの強奪に成功して、慢心していたシーフエイプは突如として鈍い悲鳴を上げる。
いかに相手が素早くとも、次にどう動くかが分かっていれば対策は容易《たやす》い。
あらかじめバッグが盗まれることを予想していた悠斗は、素早くシーフエイプの首の骨を折っていたのである。

悠斗《ゆうと》はそこでステータスを確認。

近衛《このえ》悠斗
固有能力《ユニークスキル》：能力略奪《スキルテイカー》　隷属契約　魔眼　透過　警鐘　成長促進　魔力精製　魂創造
魔力圧縮　影縫
魔法：火魔法　ＬＶ４（12／40）　水魔法　ＬＶ６（10／60）
風魔法　ＬＶ５（13／50）　聖魔法　ＬＶ６（37／60）
呪魔法　ＬＶ６（６／60）
特性：火耐性　ＬＶ６（９／60）　水耐性　ＬＶ３（０／30）
風耐性　ＬＶ４（６／40）

風魔法の経験値が9上がっていた。

シーフエイプから獲得できるスキルは風魔法プラス9らしい。

「――どうやらこの盗み合いは俺の勝ちだったみたいだな」

思惑通りに能力略奪を発動させた悠斗は、誰に向けるでもなく呟《つぶや》くのだった。

〰〰〰

北の山に入ってから2時間ほど経過しただろうか。

悠斗たち一行はその後も順調に探索を進めていった。


「オラァッ！　どーだ！　オレ様のイージスは！　絶好調だろうがっ！」


その後も幾度となくシーフエイプと遭遇した悠斗たちであったが、ミカエルの魔法によって撃退することに成功していた。

水属性魔法――《イージス》は世界で唯一人《ただひとり》ミカエルだけしか使用することのできないオリジナルである。

イージスで展開される氷弾は、一つ一つが高度な制御魔法によってコントロールされており――。

ミカエルが敵と認識した存在に対して自動で飛んでいく性質があった。

「ふふふ。いくら速いとは言っても所詮は獣だな。不意さえ突かれなければ十分に対応できるスピードだ」

「何ドヤ顔で言っているんですかポンコツラーメン！　そんな簡単に対処できるなら最初から使って下さいよ！」

「わ、悪い。ソフィ。里に戻ったらお前のスカートは買ってやるから！」

悠斗《ゆうと》がシーフエイプを倒すことによって無事に盗品を回収することができたのだが——。

どういうわけかソフィアのスカートだけは見つけることができなかった。

パンツ丸出しで登山するソフィアの姿は、エロいを通り越して、少し可哀想なものがあった。

「おかしいなぁ。シーフエイプってこんな好戦的なモンスターだったやろうか？」

北の山で修行した経験の長いサリーは首を傾《かし》げていた。

いくらなんでも遭遇する敵の数が多過ぎる。

これまで何度も温泉地に足を運んでいたサリーであったが、これほどまでにエンカウントするのは初めてのことであった。

「あの、サリー。よければ一緒に向こうの茂みに行きませんか？」

サリーの服の袖を摑《つか》みながらもソフィアは提案する。

脚が少し内股になっていることからソフィアの言いたいことは直《す》ぐに理解することができた。

「んん？　なんだよ。オレに黙って何をコソコソしてやがる！」

「トイレや。トイレ。ミカエル。あんたは、そーいうデリカシーのないこと聞くからモテないんやで？　少しはユートちんを見習うんやな」

「うぐっ。どうしてオレが……」

サリーからダメ出しを受けたミカエルは本気で落ち込んでいるようであった。

女子たちがトイレに行っている間は、男同士の２人きりの時間である。

悠斗はそこで思い切って以前から気になっていたことを聞いてみることにした。

「なぁ。ミカエル」

「チッ……。なんだよ。コノエ」

「ミカエルってソフィのことが好きなのか？」

「……は、はぁ!?　ぜぜぜ、全然好きじゃねーわ！」

分かりやすく動揺しながらもミカエルは否定する。

「そうなのか……。好きでもない女の子のために、山奥の里にまで来たりするものなんだな」

「まぁな。オレとソフィは幼馴染《おさななじみ》だったし。やつには色々と借りがあるから」

「その……借りって？」

尋ねると、ミカエルは表情に影を落としながらも語り始める。

「今でこそ健康だが、ガキの頃のオレは体が弱くて家に籠もりがちだったんだ。家族は伝説の英雄の血を引きながらも病弱なオレのこと蔑んだ目で見ていたよ。

そんなオレに魔法を教えてくれたのがソフィだったんだ。魔法を習い始めてからオレは変わった。アイツに追いつきたくてガンガン努力したし、体も強くなった。つまりソフィは……オレを外の世界に連れだしてくれたんだよ」

普段のチャランポランな態度から一転。

真剣にソフィアのことを語るミカエルの様子は悠斗《ゆうと》の胸を打つものがあった。

「ああ。そっか。さっきの言葉を取り消すわ。やっぱりオレはソフィのことが好きなのかもしれねぇな」

憎き恋敵に過去を語ることで大切な気持ちに気付くことができた。

それは——10年以上にわたりミカエルが心の中に押し込んできた掛け替えのない感情であった。

「なぁ。コノエ。これはオレのワガママなのかもしれねぇけどよ。ソフィには清い体のままでいて欲しいんだ。だからお願いだ。ソフィはお前に好意を抱いているみたいだけどよ……お願いだからアイツだけには手を出さないでくれよ」

ここまで真剣な相談を受けてしまうと断ることはできない。

そう判断した悠斗はミカエルの願いを聞き入れることにした。

「——分かった。約束するよ」

「信じて、いいんだな？」

「ああ。男同士の……友情の約束だ！」

悠斗はそこでミカエルと握手を交わす。

同じ男としてミカエルの一途《いちず》な気持ちは尊重してやりたい。

この時、悠斗《ゆうと》は異世界に召喚されてから初めて男友達ができたような気がした。


〜〜〜〜〜〜〜〜〜〜〜〜


「あそこです！　あの柵の向こう側に北の山の温泉があります！」

探索を続けること、さらに30分。

途中でアクシデントこそあったものの、悠斗たちは無事に目的地に着くことに成功する。

「それじゃあ。さっそく入りましょうか」

「せやな。のんびりしていると、下山する頃には日が暮れてまうし」

「…………」

現地に着いて確信したのだが、どう考えても目の前の温泉は男女で分かれているような雰囲気がない。

（も、もしかしてこれは自然に混浴プレイとなる流れでは？）

期待していなかったと言うと嘘《うそ》になるが、こんな理想的な展開になるとは予想外であった。

悠斗はなるべく怪しまれないように気配を殺しながらソフィア&サリーの後についていく。

「ちょっと待ったぁぁぁ！」

この展開に異議を唱えたのはミカエルであった。

「テメェ！　コノエ！　何ナチュラルに入ろうとしているんだよ！　お前はここでオレと留守番だ！」

ミカエルの言葉は一見すると正論のようにも思えた。

けれども一方で、日没までの時間が迫っているというのも事実である。

男女で入浴時間を分けてしまうと帰り道の危険度が跳ね上がってしまう。

「困りましたね。私たちにはそんなに時間はありませんよ」

「オレは絶対認めない！　認めないからな！　年頃の男と女が混浴なんてするんじゃねー！　絶対にヤバイことが起こるに決まっている！」

ミカエルの言葉を受けたサリーは不機嫌そうに頬《ほお》を膨らませる。

「あのな。ミカエル。ウチらは真面目に武術の修行をしているんよ？　そういう言い方は少し酷《ひど》いんやない？」

この7日間、誰よりも高い集中力で修行に取り組んでいた。

サリーはそんな悠斗《ゆうと》の姿を目の当たりにして、何時《いつ》しか絶大な信頼を置くようになっていたのである。

「そうですよ。ユートさんはどっかのスケベなポンコツラーメンとは違います。紳士ですからね。私としても安心できます」

「大丈夫！　バスタオルで隠すもんは隠しとるし、ソフィちゃんにはウチがついとるやん」

もともと信用していたソフィア&サリーにとって、悠斗との混浴は満更ではないものであった。

「わ、分かったよ。その代わり1つだけ条件がある」

「……条件？」

「オレも一緒に温泉に入る！　まさかコノエが良くてオレがダメってことはないよな？」

「それはアカン。ミカエルはそこの柵の前で見張り役や」

「どうして⁉」

「この温泉に含まれている成分は一般人にとっては毒やからな。エルフの秘薬に耐性のある人以外は入ることが禁じられているんや」

「温泉に入っている間、私たちは無防備ですからね。見張り役は必要だと思います」

「…………」

ソフィアの貞操に対して誰よりも神経質であったミカエルは、分かりやすく落ち込んでいるようであった。

「大丈夫か？　ミカエル」

たった1人の男友達の異変に気付いた悠斗《ゆうと》は、ミカエルの肩をポンと叩《たた》く。

「安心しろよ。今日の約束はちゃんと覚えているから」

「コノエ……⁉」

ミカエルは感動していた。

ミカエルにとってはダメ元の相談であったのだが、悠斗がここまで真摯に受け止めていたとは思いも寄らなかったのである。

(……そうだよな。間違っていたのはオレの方だった)

考えてみれば、恋人でもないのにソフィアのことを束縛しようとするのが誤りだったのだろう。

この遠征が終わったら告白をしよう。

恋人同士の関係になればコソコソと他人に釘《くぎ》を刺されなくても安心することができるに違いない。

悠斗から励まされたミカエルは密《ひそ》かにそんなことを考えるのであった。

〜〜〜〜〜〜〜〜〜〜〜〜〜〜〜


「うわー。気持ちイイ〜。やっぱり北の山の温泉は最高やな〜」

「そうですね。こんな気持ちの良い温泉に入れないなんてミカエルも可哀想なやつです」

それから。

当初の予定通りに悠斗たちは温泉に入ることにした。

バスタオルで体を隠しているとは言っても目の前には2人の裸の美少女がいる。

その事実は悠斗の下半身を悪戯《いたずら》に熱くするものであった。

（集中しろ。これは修行……これは修行……）

本来であれば2人の体をじっくりと観察したいところではあるが、ミカエルと交わした男の約束もある。

悠斗は頭の中を戦闘モードに切り替えて、煩悩を振り払うことにした。

目を閉じて、自然と体を一体化させた悠斗《ゆうと》は、悟りの境地を開くことに成功していた。

「ちょっ！　サリー！　そんなところには薬を塗る必要はないですよ！」

「え～。いいやんか。減るもんじゃないし！　ウチら女同士やろ？」

「…………ッ!?」

突如として聞こえてきた桃色の会話に、悠斗の集中力は脆《もろ》くも乱されることになる。

声のした方に視線を移した悠斗は絶句した。

何故ならば――。

そこにいたのはバスタオルを取って、互いにエルフの秘薬を塗り合っているソフィア&サリーの姿であったからである。

「ほらほら。ここがええのんか。ここがええのんか」

「……サリー。ノリノリのところ申し訳ないですが、全然気持ち良くないですよ。ユナ先生の足元にも及んでいません」

「むぅ。そんなこと言っても仕方がないやんか。あの人のテクニックは尋常じゃないで」

「…………」

ソフィア&サリーの会話を耳にした悠斗は、とある感情に駆られていた。

（ああ。今すぐにサリーの代わりにソフィの体にエルフの秘薬を塗ってやりたいぜ……）

下半身を押さえながらも悠斗は自らの内より湧き上がる欲求を制御する。

何故ならば此処《ここ》に来る直前にミカエルと『男同士の友情の約束』を交わしたばかりだったからである。

同じ男としてミカエルの恋を応援してやりたい。

そう判断した悠斗は両目を閉じながらも温泉の中で座禅を組み始める。


「あ！　ウチ、良いこと思いついたかもしれへん！　ここはウチの代わりにユートちんに塗ってもらえばええやんか！」


サリーが提案した突拍子もないアイデアは、悠斗の集中力を激しく乱すものだった。

「な、何を言っているんですか！　サリー！」

「えー。だってユートちんは今日まで一緒に修行してきたやん？　1人だけ仲間外れにするのはおかしないか？」

「し、しかし……。ユートさんは男ですよ!?」

「性別なんて関係ないやん。それともソフィちゃんはユートちんに薬を塗られるのは嫌なんか？」

「……べ、別に。そういうわけではないのですが」

何度か戦闘を目にしていたこともあり、ソフィアはもともと悠斗《ゆうと》のことを1人の異性として意識していた。

他でもない悠斗に体を触られることは、ソフィアにとって満更でもないことであったのである。

「あの……。もしよかったら俺が手伝いましょうか？」

こういう状況になった以上、困っている女の子たちを放っておくことはできない。

そう判断した悠斗は温泉から上がって2人に近づくことにした。

「こう見えて俺、エルフの秘薬の扱いには凄く自信があるんです！　塗り方については、ユナ先生にも褒められたことがあるんですよ」

「ほ、本当ですか⁉　たしかにそれは凄いですね」

その言葉が決め手となった。

あんなに真剣に修行に打ち込んでいた人間が淫らなことを考えるはずがない。

何時《いつ》しか2人の間にはそんな間違った認識が生まれていたのである。

「あ、あのユートさん……？　絶対に……変なところには塗らないでくださいよ？」

ソフィアはそう釘《くぎ》を刺すと、悠斗に体を預けることにした。

「――それでは始めますよ」

悠斗は宣言すると、ツボの中からエルフの秘薬を取り出してソフィアの体に塗り始める。

日本にいた頃の悠斗であれば、この時点で舞い上がってしまい、醜態を晒《さら》すことになっていただろう。

だがしかし。

異世界に召喚されてからの悠斗は様々な女性に出会い、飽くなき探求心を以《もっ》てテクニックを磨いてきた。

何事に対しても器用な悠斗は、女性の扱いについても超一流の技術を身に付けていたのである。

「た、たしかに！　サリーとは比べものにならないくらい上手いです！　な、なんというか凄く……大切に触られている感じがします！」

女体に対するリスペクトにおいて悠斗《ゆうと》の右に出るものはいない。

悠斗のテクニックは既に性的な快楽を抜きにしても、女性に幸福を感じさせる域に達していた。

「あっ……」

「大丈夫ですか？」

「ごめんなさい。変な声を出してしまって。男の人に体を触られていると思うと緊張してしまって……」

伝説の英雄の血を引く《賢者》として厳しい修行の日々に暮れていたソフィアには、これといった男性経験がない。

異性にじっくり体を触られるのは、当然のことながら初めてのことであった。

（よし……。この辺りで勝負に出るか）

悠斗は徐々に両手をソフィアの下半身に向かわせていく。

その毒牙はついにツルツルとしたお尻にまで伸びることになった。

「〜〜〜〜ッ⁉」

次に変な声を出したら淫らな女だと思われるかもしれない。

必死に快楽に耐えるソフィアであったが、そこで違和感に気付く。

「な、なに……これ……⁉」

これほどまでに体に自由が利かないのは、単純にお尻を触られているからではないだろう。

ソフィアの体に上がった快楽は、普段１人で体を慰めている時と比べて、10倍……否、20倍にも達するものがあった。

「あれ？　ユートちんが塗っているエルフの秘薬。そんな色やったっけ？」

エルフの秘薬の様子がおかしい。

本来であれば無色透明のはずのエルフの秘薬であるが、悠斗《ゆうと》の手にしたそれは何故か黒色に変わっている。

遅れて異変に気付いたサリーであったが、このとき既に悠斗の作戦は9割方成功した後のことであった。

ルード
（対象の性的感度を上昇させる魔法）

実のところ――。

悠斗は真面目に薬を塗っているように見えて、徐々にエルフの秘薬の中にルードの魔法を混ぜ込んでいたのである。

「あっ。あっ、あっ！　ユートさん……。ダメです！　それ以上、触られると私っ……！」

毎日のように酷使していることもあり、闇属性魔法の《ルード》は現在、悠斗が最も得意としている魔法である。

もともと闇属性魔法は使い手が少なく、耐性を付けることが困難だったこともあり、ソフィアには快楽に抗う術《すべ》はなかった。


「ダメッ！　そ、そこはらめぇぇぇぇぇんっ！」


快楽がピークを迎えたソフィアには他人の目を気にする余裕がなかった。

ぐったりと脱力したソフィアの下半身からは、いやらしい液体が漏れ出していた。


「ユートちん……？　ソフィ？　さっきから何して……」


サリーは混乱していた。

もともと武術一筋に生きてきたサリーの性に対する知識は、ソフィア以上に乏しいものであった。

それ故――。

目の前で見ていたにもかかわらず、サリーは２人が何をしているのか正確に判断できなかったのである。

「さてと。次はサリーの番だな」

詳しい事情は分からないが、1つだけ言えることがある。
このまま悠斗《ゆうと》に体を委ねるのは危険過ぎる。
サリーの女としての本能が警鐘を鳴らしていた。

「アカン。そろそろ熱くなってきたな。ほ、ほな。ウチは先に上がらせてもらうわ」
「ふふふ。まぁまぁ、そう言わずに」

悠斗は怪しく両目を光らせると、やや強引にサリーの体に薬を塗りたくっていく。

「な、なんや……。この感覚……」

痩せ型のソフィアの体に比べると、サリーの体は触《さわ》り甲斐《がい》がある。
やや筋肉質なところが好みの分かれるところだろうが、出るところは出ており、女性としての美しさは損なわれてはいない。

「ひにゃっ。あっあっあっ。ああっん――――!?」

「おっと。こりゃ大量だ」

ルードの魔法は男性経験の少ない女性ほど顕著に効果が表れるのは、これまでのプレイから検証済みである。

ソフィアと同様にサリーまでもが――。

下半身からいやらしい液体を噴き出していた。

「――さてと。2人とも。覚悟をしておけよ。エルフの秘薬はまだまだ沢山残っているからな」

悠斗は思う。やはり自分は攻められるよりも攻めるのが好きな根っからのS気質なのだろう。

怯《おび》える2人の美少女を前にした悠斗のテンションは最高潮に達していた。

「「……ひぃっ⁉」」

2人の敗因は『武術モード』の悠斗《ゆうと》にばかり目が行って、『エロモード』の悠斗の存在を見抜けなかった点に尽きる。

それから1時間後。

「ユートさん！　もっと……もっと薬を塗り塗りして下さい！」
「ソフィちゃんばっかりズルい！　ウチも……ウチだってユートちんにもっと触られたいっ！」

悠斗のテクニックと闇属性魔法ルードの脅威から逃れられる女性はいない。
これまで男性経験のない生娘《きむすめ》だったソフィア&サリーであったが、すっかり快楽の虜《とりこ》になるのであった。

〜〜〜〜〜〜〜〜

温泉を堪能した3人は、服を着てから入り口に向かって歩いていた。

「あの……2人とも。そんなにくっつかなくても俺は逃げないから。逃げないから」

今現在。悠斗は右手にソフィア、左手にサリーという両手に花の状態で、2人の体と密着をしていた。

「……ユートさん。責任を取ってくださいね？」

「え？　責任？　俺はただ修行の手伝いをしていただけだよな？」

「とぼけないで下さい！　賢者の道を目指すものは、清らかな乙女でないといけないのです。あ、あんな破廉恥なことをしておいて！　こ、このまま私を捨てることなんて許されませんよ！」

ガッチリ捕まえていないと、悠斗は直《す》ぐに何処《どこ》か遠く、他の女性のところに行ってしまうだろう。

ソフィアの中の女としての本能が確信を持って告げていた。

「武闘家だって同じじゃ！　ソフィアちゃんだけじゃなくウチのことも構ってくれないと……ユートちんの家に殴り込みに行ったるわ！」

「そ、それは大変だな……」

サリーの実力を以《もっ》てすれば屋敷の警備を軽々突破してくるだろう。

どうやら今後は定期的にソフィア&サリーの相手をする必要がありそうだった。

「コノエ・ユート……。これは一体どういうことだ？」

2人の美少女をはべらせ歩く悠斗《ゆうと》の姿を目の当たりにしたミカエルは、メラメラと憎悪&嫉妬の炎を燃やしていた。

「いや。なんというか、その、すまなかった」

男同士の友情の約束を破ってしまった点については、素直に悪かったと思っている。

だがしかし。

かつてはミカエルがスピカ&シルフィアに手を出しそうになったこともあるし、お互い様だろう。

男女の関係には予約制度など存在しないのである。

「うおおおおおおおおおお！　バカヤロー‼」

信じていた男に裏切られ、恋に破れたミカエルは、涙目のまま敗走する。

「待てっ！　ミカエル！　早まるな⁉」

この時、悠斗がミカエルのことを呼び止めたのは、決して横恋慕の言い訳をしたかったからではない。

警鐘のスキルが悠斗に対して命の危険を知らせたからである。

突如として山の暗がりを引き裂くかのような金色の光がミカエルの横を通り過ぎた。

「あ……れ……」

ミカエルの頭は胴体から分離され、ゴロゴロと山の斜面を転がった。

頭部を失ったミカエルの体は、そのまま力なく地面に倒れることになる。

キラーエイプ　脅威LV　？？？

エラーメッセージ
（この魔物の情報を表示することができません）

その体長は2メートル近くあるだろうか。

突如として悠斗《ゆうと》たちの前に出現したキラーエイプという魔物は、シーフエイプをそのまま大きくしたかのような姿をしていた。

だがしかし。

外見は同じでも、その戦闘力には天と地ほどの差が存在している。

単純な潜在魔力量だけを比較するのならば、キラーエイプは過去に悠斗が戦った憤怒の魔王サタンを凌駕《りょうが》するものがあった。

「この魔物は……あの時と同じ……！」

金色の光を放つ謎のモンスターの正体について悠斗は心当たりがあった。

目の前のモンスターは、以前に岩山の洞窟で出現していたゴールデンオーガと共通点が多い。

つまりキラーエイプという魔物は、アークの言っていた《ブレイクモンスター》と呼ばれる存在なのだろう。

「うわああ！」

「待って！　サリー！　早まらないで！」

サリーの攻撃。

サリーは持ち前の体のバネを駆使してキラーエイプに対して飛び蹴りを放った。

「ウキッ。ウキキキキ！」

「グッ……」

だがしかし。

邪神の魔力を受け継いだキラーエイプの身体能力は、世界最強の武闘家と呼ばれるサリーですら上回るものであった。

「サリー。勝手な真似は止《よ》せ」

「でも……。だって……。こいつがミカエルのことを……！」

「――いいから。黙って俺の言うことを聞いてくれ」

以前までの、女性に対して優しい普段の態度がウソのよう――。

有無を言わさない気迫で命令を飛ばす悠斗《ゆうと》の姿を目の当たりにした。

「ソフィ。お前の力ならミカエルを蘇生《そせい》させることができるんだよな？」

「は、はい！　死後30分以内であれば。時間はかかりますが、たしかに治療は可能です」

「ならソフィはミカエルの治療。サリーは無防備になったソフィの護衛を頼んだ」

「把握しました」

「り、了解」

悠斗の指示を受けてからの2人は素早かった。

素直にキラーエイプの前から引き下がると、さっそくミカエルの治療を開始する。

もともとレジェンドブラッドのメンバーはアークの命令を頼りに戦闘経験を重ねてきたため、個々の判断能力に関しては不安な面があった。

（ようやく分かりました。どうして私たちがユートさんに惹《ひ》かれるのか……）

思い返してみれば最初に出会った時から何故か他人という気がしなかった。

（——窮地の時にこそ最大限にカリスマ性が発揮される。その類《たぐい》まれなる英雄気質が何処《どこ》かアークに似ているのです）

ミカエルの治療にあたりながらも悠斗を見つめるソフィアの眼差しは、益々《ますます》熱気を帯びたものになっていた。

「さてと。かかってこいよ。エテ公」

「ウキッ。ウキキキキ！」

挑発を受けたキラーエイプは悠斗に向かって飛びかかる。

悠斗は紙一重のタイミングで攻撃を回避した——つもりであった。

「〜〜〜〜っ！」

見えない壁のようなものに押し出された悠斗は、そのまま地面の上を転げまわることになる。

それは以前にアークと対峙《たいじ》した時と同じ――。

圧倒的な魔力差から生じる反発ダメージであった。

「――それなら！」

そこで悠斗《ゆうと》が使用したのは、幻鋼流《げんこうりゅう》の技術を応用して編み出したオリジナル武術《ダブルグリップ・アクセル》である。

螺旋状《らせんじょう》に編み込んだ魔力の糸を全身に張り巡らせて己の身体能力を最大限に引き出した《ダブルグリップ・アクセル》は、悠斗にとってこの1週間の修行の集大成とも呼べる技であった。

（凄い魔力コントロール……！　以前までのユートさんとはまるで別人……！）

ソフィアは戦慄していた。

悠斗の成長スピードは、幻鋼流始まって以来の天才と謳《うた》われたサリーですらも遥《はる》かに凌《りょう》駕《が》するものであった。

「ウキッ！　ウキキキキッ！」

「またそれか」

キラーエイプは足の裏に最大限の魔力を込めて跳躍。

超スピードの一撃によって悠斗の首を刎《は》ねにかかる。

「二度も同じ技に引っかかるかよ」

先程は魔力差から生じる反発によって体勢を崩されてしまったが、幻鋼流の技術によって肉体を強化した今となっては問題ない。

ひらりと身を躱《かわ》した悠斗はキラーエイプに対してカウンターの一撃を浴びせにかかる。

（……速い！）

通常の相手ならば今の攻撃で勝負は決まっていただろう。

だがしかし。

膨大な魔力をスピードの強化に集中させたキラーエイプは、万全なタイミングで攻撃しても捉えきれなかったのである。

「凄過ぎます。こ、これがユートさんの実力……！」

そこから先は両者一歩も引かない攻防が繰り広げられた。

キラーエイプの単調な攻撃パターンは既に見切っている。

しかし、キラーエイプに触れるには僅《わず》かにタイミングが遅れてしまう状況であった。

「ユートさん……。一体何を……？」

次に悠斗《ゆうと》が取った行動はソフィアにとって俄《にわ》かには信じられないものであった。

何を思ったのか悠斗は——両目を瞑《つぶ》ったのである。

（いける……！　敵の動きが手に取るように分かる！）

幻鋼流《げんこうりゅう》を習得してからというもの、悠斗は大気中の魔力の流れを精密に感じ取れるようになっていた。

自らの視界を塞いだのは、魔力の流れにのみ集中することでキラーエイプの速度に対応しようと考えたからである。


「キキッ⁉」


この試みが功を奏したのだろう。

悠斗の拳はついに相手の体を掠《かす》めて、キラーエイプの尻尾を掴《つか》むことに成功する。

「……アカン！　尻尾に触れただけやと大してダメージを与えることはできへん！」

通常の武術であればサリーの言葉は正しかっただろう。

だがしかし。

どんな状況からでも逆転の一打を放つことができる汎用性の高さが《近衛流體術《このえりゅうたいじゅつ》》の強みである。

全ての格闘技の長所を相乗させることをコンセプトとした《近衛流體術》を習得した悠

斗は、《ハンマー投げ》に関してもオリンピックのメダリスト級の才能を有していた。

キラーエイプの尻尾を摑《つか》んだ悠斗《ゆうと》は、そのまま《ハンマー投げ》の要領で回転を始める。

「キキキキッ――――！」

強烈な遠心力によって体の自由を奪われたキラーエイプは、そのまま悠斗の周囲をグルグルと回ることになる。

限界まで遠心力が乗ったタイミングで、悠斗はキラーエイプの体を思い切り地面に叩《たた》きつける。

「グギギギッ！」

悠斗の意表を突いた攻撃により脳震盪《のうしんとう》を起こしたキラーエイプは、完全に逆上《のぼ》せ上《あ》がっていた。

悠斗は止《とど》めとばかりに、地面で寝ているキラーエイプに対して渾身《こんしん》の一撃を与える。

《破拳》。

人体の《内》と《外》を同時に破壊することをコンセプトに作ったこの技を、悠斗はそう呼んでいた。

　高速で拳を打ち出しながらも、インパクトの瞬間に腕全体に対してスクリューのように回転を加えるこの技は、悠斗にとっての《奥義》とも呼べる存在であった。

　標的の体内にその衝撃を拡散させるこの技は、生物の骨格・臓器・筋肉の全てを同時に破壊することを可能にしている。


「グギイイイイイイイイイイイイイィィィ！」


　ダメ押しの一撃を受けたキラーエイプは、断末魔の叫びを上げながらも肉体を弾けさせていく。

　その体からは、肉眼で目視できるほどの膨大な魔力が霧散していた。

　悠斗はそこでステータスを確認。

近衛《このえ》悠斗
固有能力《ユニークスキル》：能力略奪《スキルテイカー》　隷属契約　魔眼　透過　警鐘　成長促進　魔力精製　魂創造
魔力圧縮　影縫

魔法：火魔法　ＬＶ４（12／40）　水魔法　ＬＶ６（10／60）
　　　風魔法　ＬＶ５（13／50）　聖魔法　ＬＶ６（37／60）
　　　呪魔法　ＬＶ６（６／60）
特性：火耐性　ＬＶ６（９／60）　水耐性　ＬＶ３（０／30）
　　　風耐性　ＬＶ７（56／70）

風耐性の項目が驚くほど上がっていた。

どうやらキラーエイプから取得できるスキルは風耐性プラス２００らしい。

（悔しいが……アイツの言うことを聞かなかったら苦戦していただろうな）

今回勝利することができたのは、幻鋼流《げんこうりゅう》によって魔力量によるハンデを補えたことが大きい。

もしもアークに出会う前にブレイクモンスターと戦うことになっていたら、勝敗は分からなかっただろう。

闇夜に向かって溶けていく魔力の粒子を眺めながらも、悠斗《ゆうと》は自分に足りていなかったものを思い知るのであった。

エピローグ 攻略済みのヒロインたち

それから翌日のこと。

無事に幻鋼流の修行の全工程を終了させた悠斗は、荷物をまとめて王都に帰る準備を始めていた。

「残念だな。個人的にはもう少しゆっくりして欲しかったのだが……」

エアバイクに跨《また》がる悠斗の姿を目の当たりにしたユナは寂し気な表情を浮かべていた。

「何を言っているんですか。結局、俺と一度も戦ってくれなかったくせに」

珍しく不《ふ》貞《て》腐《くさ》れた声音で悠斗は言った。

エルフの里を離れるにあたって悠斗が最も心残りにしていたのは、本気のユナと戦えなかったという点であった。

「なんだ。そんなことを気にしていたのか」

「はい。全力のユナさんとは一度戦ってみたかったです」

「残念ながら、この里の中にいる限りキミと戦うことはできないかな。優れた師でいるためには、面子《メンツ》というものを大切にしなければならない。弟子に舐《な》められてしまっては何を教えたところで身にならないからね」

「…………」

そう言って語るユナの眼差しは、何処《どこ》となく近衛流體術《このえりゅうたいじゅつ》の師範であった祖父を彷彿《ほうふつ》とさせるものであった。

一体、何時頃《いつごろ》からそうなってしまったのだろうか？

中学に入って間もなくして、祖父は悠斗《ゆうと》との1対1の実戦訓練を避けるようになっていた。

つまるところ悠斗は中学生の時点で師匠である祖父の実力を超えてしまったのである。

けれども、それを認めてしまっては他の弟子たちに顔が立たない。

だから祖父は『戦いを避ける』ことにより師としての面子を保っていたのである。

「そんな寂しそうな目をしてくれるな。結局のところ私が目指しているのは一流の武闘家ではなく、1人の師だった、ということなのだろう」

未《いま》だ隠している実力の底が知れない。

ユナは思う。仮に全力で戦ったとしても悠斗に勝利することは絶対にできなかっただろう。

(皮肉なものだな……。強くなればなるほど人が離れていく。彼が目指すのはそういう茨《いばら》の道なのだろう)

圧倒的な強さというものは、時に底知れない孤独を生み出すものである。

幼い頃よりアークと親交のあったユナは、そのことを誰よりも知っていた。

「ユートさん！　もう行ってしまうのですか……？」

「ああ。ソフィたちと離れ離れになるのは寂しくなるな」

「せ、せっかくですからもう少し修行を続けていきましょうよ！」

「ウチも同じ気持ちや！　ユートちんには、もっともっと色々なことを教えてもらいたいわ！」

ソフィア&サリーは全力で悠斗を引き留めにかかる。

男性経験の乏しい２人にとって、悠斗との一つ屋根の下での生活は充実感と刺激に満ちたものであったのである。

「それはできないかな。王都には待たせている奴らがいるもんで」

既に予定していた3日という期日からは大幅に遅れが生じてしまっている。
このまま3人の美女たちと修行生活を送る日々も捨て難いが、悠斗《ゆうと》には他に大切にしなければならない女の子たちが存在していたのだった。

「ふふ。気が向いたら何時《いつ》でも戻ってきても良いのだぞ？　今度は修行とは関係のないところで夜の稽古をつけてやろう」

「「…………!?」」

ユナの発言を受けたソフィア&サリーは重大な事実に気付く。

「ま、まさかユートさん。私たちの知らないところでユナ先生とも関係を!?」
「この浮気者っ――！　ウチらだけではなかったのかっ――!?」

図星を突かれた悠斗の表情は、みるみるうちに青ざめたものになっていく。

一線を超える行為にまでは至らなかったが、風呂に入る時は毎日のように裸のユナから性的なマッサージを受けていたのは事実である。

「……ユートくん。よもやキミ……私だけには飽き足らず2人にまで手を出していたというのか？」

ユナの一言が決め手になり、場の空気は急激に淀《よど》んだものになっていた。

(これから長期滞在をする時は、なるべくスピカとシルフィアを連れていこう……)

周囲に女の子がいない状況では、手を出してはならない女の子と関係を持ってしまいかねない。

今回の遠征を通じて悠斗はそんな反省点を抱いていた。

「それでは3人とも。また何処《どこ》かで会いましょう！」

悠斗は爽やかな笑みを浮かべながらもエアバイクのアクセルを入れると、全速力でエルフの里を後にする。

「ちょっ⁉　ユートちん⁉」

「逃げやがるですか！　この、卑怯者《ひきょうもの》～っ⁉」

背後で罵詈雑言《ばりぞうごん》の嵐が聞こえたような気がしたが、悠斗《ゆうと》は風の音で聞こえなかったことにした。

おまけ短編　ラッセンの女子会

「いや。待たせてしまい申し訳ない」

悠斗《ゆうと》がエルフの里に修行に出ているのと同刻。

ラッセン・シガーレットは、友人であるスピカとシルフィアを自宅の食事会に招待していた。

「びえっ、びえぇぇぇ〜！」

「恐れ入ったぞ！　流石《さすが》はラッセン殿だ。やはりシルバーランクの冒険者ともなれば良い家に住んでいるのだな」

初めてラッセンの家を目の当たりにしたスピカ&シルフィアは、それぞれ驚きの声を上げていた。

単純な大きさで比較をすると、ラッセンの自宅は悠斗の屋敷には遠く及ばないのだが――。

建物から醸し出されるオシャレでモダンな雰囲気は、まさに成功者の証《あかし》と言うに相応《ふさわ》しいものがあった。

「キミたちと会う時は外食が多かったからな。たまには自宅でゆっくりするのも悪くないだろう」

実のところラッセンが主催する女子会にスピカ&シルフィアが参加するのは、これで3度目のことであった。

自分が不在の時に屋敷の中に閉じ込めておくのは忍びないと考えた悠斗は、2人がラッセンの女子会に参加することに対しては賛成のスタンスを取っていたのである。

「ラッセンさん！　このサラダにつけるソースは何ですか⁉」

「ん？　バーニャカウダのことかな？　このソースはアンチョビベースなんだ」

「こっちの料理はなんだ⁉　油がたくさん使われているのに凄くオシャレな雰囲気がするぞ！」

「そっちはアヒージョといって西の国の伝統料理だな。ワインによく合うから一緒に飲むと良い」

ラッセンが振る舞う手料理は意外にも女子力の塊のようなメニューであった。

「ラッセンさん！　ズバリ聞いても良いでしょうか！」

やがて、上質なワインによってすっかり酔っ払ったスピカは、ラッセンに対して前々から気になっていた質問をぶつけてみることにした。

「……もしかしてラッセンさんは、ご主人さまのことが好きなのではないでしょうか⁉」

予想外の質問を受けたラッセンは困惑した表情を浮かべていた。

「いやいや。たしかにユートくんの冒険者としての素質については認めているよ。うん。頼りになるし、男らしいところはあると思う。けれど……」

「そうなんですか⁉」

「やはりラッセン殿は主君のことが好きだったのだな⁉」

「どうしてそうなる⁉　こう言うと悪いが、あのドスケベがどうしてこんなにモテるのか……アタシには本気で分からないよ。キミたちは少し、男の趣味が悪いのではないだろうか？」

「「………………」」

本来ならば怒るべきところなのだろうが、不思議とそんな気分にはならない。

ラッセンの表情は照れ隠しなどではなく、本気で嫌そうなものであった。

スピカ&シルフィアは、『この人がライバルになることは当分なさそうだな』と安堵《あんど》するのだった。

あとがき

柑橘《かんきつ》ゆすらです。

そんな感じで異世界支配のスキルテイカーの6巻でした。

今巻のコンセプトは『原点回帰』です。

5巻の妹戦で武術の中での戦闘は極めるところまで極めてしまった感がありますので、今後はまた別の角度から『強さ』というものを見つめ直していければなーと考えています。

この辺りは出版業界における『あるある』なのですが、自分が頂点に立ったと思って慢心している人間はもの凄い勢いで転げ落ちてしまうものです。

強者であり続けるためには、常に視野を広く持ちながらも、直向《ひたむ》きな努力を続けなければなりません。

果たして悠斗《ゆうと》は並居る強敵たちに勝利して、100人の奴隷ハーレムを達成することが出来るのか？

今後とも応援頂ければと思います。

【宣伝】

この本の発売日が２０１７年の５月２日なのですが、一週間後の５月９日にコミック版、異世界支配のスキルテイカー２巻が発売されます。

おかげさまでコミック版１巻は発売即重版！

これ、書いて良いことか分からないのですが、原作の売上を遥かに超える勢いになっています。もしかしたらコミックから作品を知って、このあとがきを読んでくれている方もいるかもしれません。

未読の方はこれを機会に是非是非、手に取って頂けますと嬉しいです。

次巻で再び皆様と出会えることを祈りつつ――。

柑橘《かんきつ》ゆすら

ファンレター、
作品のご感想を
お待ちしています。

あて先

〒112-8001　東京都文京区音羽2-12-21
(株)講談社ラノベ文庫編集部 気付

「柑橘ゆすら先生」係
「蔓木鋼音先生」係

より魅力的で楽しんでいただける作品をお届けできるように、
みなさまのご意見を参考にさせていただきたいと思います。
Webアンケートにご協力をお願いします。

https://eq.kds.jp/lightnovel/6272/

ライズ!
コミック2巻
2017年
5月9日発売!
異世界支配のスキルテイカー
ゼロから始める奴隷ハーレム

絶好調の
超人気ファンタジー
待望のコミカ
漫画 笠原巴
原作 柑橘ゆすら
キャラクター原案 蔓木鋼音
ニコニコ静画
『水曜日のシリウス』にて
好評連載中!
http://seiga.nicovideo.jp/manga/official/w_sirius/
公式サイト開設中!
http://lanove.kodansha.co.jp/official/skilltaker/

講談社ラノベ文庫

異世界支配《いせかいしはい》のスキルテイカー6
～ゼロから始《はじ》める奴隷《どれい》ハーレム～

柑橘《かんきつ》ゆすら

2017年5月2日第1刷発行

発行者	森田浩章
発行所	株式会社　講談社 〒112-8001 東京都文京区音羽2-12-21
電話	出版　(03)5395-3715 販売　(03)5395-3608 業務　(03)5395-3603
デザイン	AFTERGLOW
本文データ制作	講談社デジタル製作
印刷所	豊国印刷株式会社
製本所	株式会社フォーネット社

ISBN978-4-06-381599-3　N.D.C.913　231p　15㎝
定価はカバーに表示してあります

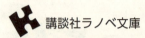